말은 입술의 열매이다

안세걸 엮음

말은 입술의 열매이다

초판 1쇄 발행 / 2015년 3월 18일

지은이 / 안세걸
펴낸이 / 박관식
펴낸곳 / 도서출판 **말벗**

등록 / 2007년 11월 2일
주소 / 서울 영등포구 문래로4길 4 현대상가 204호
전화 / (02)774-5600
팩스 / (02)720-7500
메일 / malbut12@hanmail.net
책값 / 12,000원

ISBN 978-89-960407-3-603810

말은 입술의 열매이다

안세걸 엮음

도서출판
말벗

책을 펴내면서

말은 입술의 열매이다. 입술 사이로 한 번 나온 말은 다시 주워 담을 수 없다. 그래서 말이란 함부로 하면 안 된다.

우리가 평생 동안 살아가면서 주고받는 말의 수치는 얼마나 될까. 문득 생각해 보니 헤아릴 수 없을 만큼 엄청난 양이 틀림없다. 물론 평소 말수가 적은 사람들도 사회생활을 하는 데 꼭 필요한 말을 할 수밖에 없다.

요즘 신문·방송 등의 단골 화젯거리는 단연 말에 대한 이야기이다. 정치인이든 연예인이든 누군가 약간의 말실수라도 하면 사람들이 와글와글 덤벼든다. 마치 이리떼가 먹이를 얻기 위해 사력을 다하는 것 같은 모습이 가관이다. 그만큼 말은 중요하다.

나는 1954년 아담한 시골마을 평온한 집안의 막내로 태어나 많은 귀여움을 받으며 유년시절을 보냈다.

비록 조그만 면소재지의 학교였지만 공부는 곧잘 했다. 초등학교 1학년 2학기 이후 줄곧 반장으로 우등상·개근상 등 각종 상을 휩쓸다시피 했다. 6학년 때는 전교 어린이 회장, 해바라기 회장 등을 맡아 주변의 부러움을 샀다. 중학교에서도 반장·학생회장으로 모범적인 학교생활을 했다.

고등학교 진학 때에는 서울로 유학 오려고 당시 일류 학교에 지원했으나 우물 안 개구리로 실패하고 말았다. 재수·삼수를 거듭하다가 뒤늦게 고등학교에 들어가 꿈에 그리던 서울 생활을 시작했지만 이때부터 학업을 게을리했다.

고등학교 3년 동안 부모의 도움 없이 아르바이트를 하며 공부한 데다 원했던 학교에 진학하지 못한 자괴감 때문에 자포자기로 고교 시절을 보냈다. 게다가 문학청년의 꿈에 젖어 공부보다 시 쓰는 일에 더 몰두한 것도 엇박자의 한 원인이었다.

나의 성장 과정에는 그나마 반듯하게 키워준 몇 분의 은사님이 있다. 초등학교는 3학년 담임 김금자 선생님과 6학년 담임 김전수 선생님, 중학교는 국어를 가르친 황하연 선생님이 기억에 남는다. 또한 고등학교는 수학을 가르치며 3년간 담임이었던 박창문 선생님 등 고마운 은사님들 덕분에 올바르게 성장할 수 있었다.

지금도 이 은사님들과는 이따금 안부 전화를 하고 있다. 특히 김금자 선생님은 요즘도 통화할 때마다 "아가, 세걸아!"라고 한다. 아직도 나를 초등학교 3학년의 어린 아이로 마음에 담고 있는 모양이다.

세월이 그토록 흘렀는데도 여전히 기억하는 것을 생각하면 마음이 아릿하다. 그럴수록 은사님들이 더욱 건강하게 오래 살았으면 하는 마음 간절하다.

어느덧 세월이 흘러 회갑(回甲)에 접어들었다. 그것도 갑오년(甲午年) 청마(靑馬)의 해 끝머리이다. 나를 낳아준 부모님은 오래 전 하늘나라로 떠나셨다. 딸과 아들도 곧 서른에 접어든다. 실로 나이가 들었다는 것이 새삼스럽게 실감이 난다.

한때는 가난을 탓하고 성공하지 못한 나 자신에게 원망도 많이 했다. 그러나 60년이 지난 지금 돌이켜보니 모든 것을 감사하게 받아들이는 삶의 이치를 깨달았다.

부모님으로 인해 이 세상에 태어났으며 형제들이 있어 큰 버팀목이 됐다. 사랑하는 아내 장경순을 맞이해 든든한 딸과 아들을 낳게 해준 하느님께 감사드린다.

가진 것 없는 나에게 그저 마음 하나만 믿고 30년 가까이 어려운 여건에서도 잘 참아내고 불평 한마디 없이 살아준 아내가 고맙다. 아내는 늘 남편과 가정에 화목과 웃음으로 대답했다.

세상의 유혹에 흔들림 없이 잘 자라준 아이들도 한없이 고마울 따름이다. 딸 영아는 디자이너로 자신만의 독특한 캐릭터를 창출하고, 아들 병욱은 컴퓨터 공학도로서 열심히 노력하는 모습이 대견스럽다.

나는 사주를 온전히 다 믿지 않지만 어느 정도는 신뢰한다. 그래서 언젠가 사주를 본 적이 있다.

그 사주 내용을 보면 "겨울철의 신금(信禽)이다. 일지가 편인(偏人)이니 주중에 물이 꼭 필요한 사주이나 물이 없어 평생 분주하지만 성사가 없다. 지혜가 탁월하며 재주 또한 다양하다. 설득력도 대단하다. 재성, 즉 돈이 날아간 형국이니 재물과 인연이 멀다. 관이 왕성한 사주로 가정·직장·사회에서 일복이 많아 궂은일을 도맡아 하면서도 좋은 소리를 듣기는커녕 억울하게 누명을 쓰거나 배신당하기 쉽다. 그렇지 않을 경우 질병에 시달리는 경우를 흔히 볼 수 있다."고 나온다.

결국 나는 공부 외에 다른 길이 없는 사주로 판단된다. 그래서일까. 나의 발자취를 더듬어 보면 참으로 초라하기 그지없다. 초·중학교 시절은 화려했지만 그 이후로는 늘 어려웠다. 고등학교를 다닐 때도 그랬고, 회사 생활을 하며 남몰래 공부할 때도, 주류 도매업이라는 사업을 할 때도 간난신고(艱難辛苦)를 이겨내야 했다.

가뜩이나 안정된 직장생활을 할 무렵 쓸데없이 사업을 시작했다. 이때부터 풍요로움을 충족시키지 못하는 가장이 되어 버렸다.

게다가 2012년 11월 뇌수막종이라는 뇌종양 판정과 함께 2013년 1월 감마선(방사선) 치료를 받자마자 직장을 그만두는 상황이 발생했다. 내가 투자했던 금액과 살고 있는 집에 대한 담보 설정해지가 안 돼 소송이 진행 중인 가운데 오늘에 이르렀다.

어쩌면 이렇게 나의 사주와 딱 맞아떨어질까? '세상만사 새옹지마(塞翁之馬)'라지만 험난한 인생살이가 생각만큼 쉽지 않았다. 그렇다고 그 오래된 사주를 신뢰할 필요는 없다. 그 배경에는 나의 잘못된 판단과 욕심 탓이 있을 것이다. 그래서 이 모든 것을 긍정적으로 받아들이고 새로운 희망과 용기를 가져본다.

그런 와중에 어느새 회갑이 다가오면서 뭔가 마음의 정리가 필요하다는 것을 느꼈고, 그동안 사랑한 가족과 나에게 많은 도움을 준 지인들께 전할 마음의 메시지를 찾고 싶었다.

고등학교 시절부터 시인이 되고자 했던 추억을 되살려 내가 읽었던 책과 글 가운데 마음에 와닿는 내용을 간추려 한 권의 책으로 묶어 내 삶의 지침서를 만들고 싶었다.

마침내 그간 모아온 200여 편의 글 중 100여 편을 간추려 '사랑 그리고 행복'이라는 주제로 나의 생각을 '사색(思索)'으로 남겼다.

제1장에서는 인간의 영원한 로망인 '사랑'을, 제2장에서는 험난한 세상을 살아가는 데 필요한 '용기·행복·지혜'와 관련한 글들을 정리했다. 물론 이들 글과 연관된 나의 속마음을 짧고 가볍게 풀어써 교감하려고 노력했다.

옛 속담에 "말이 씨가 된다"는 말이 있다. 평상시 하는 말이 바로 실패와 성공을 암시하는 중요한 씨앗이 된다는 뜻이다.

모든 사람에게 공짜로 주어지는 것이 두 가지 있다. 그것은 바로 시간과 말이다.

시간의 활용도에 따라 그 사람의 인생이 달라지듯이, 말 한마디로 천 냥 빚을 갚을 수 있고 미움받이가 될 수도 있다.

자신이 자주 쓰는 말을 객관적으로 분석해 보면 자신의 미래를 예측할 수 있다고 한다. 성공하는 사람은 말투부터 다르다고 얘기한다.

보통 "요즘 어떠십니까?"라는 질문을 받으면 대개 긍정, 무정, 부정 형태로 대답한다. 이 세 가지 유형 중 맘에 드는 것은 당연히 긍정이다.

성공인과 실패인은 말하는 습관부터 다르다고 한다. 전자는 남의 말을 잘 들어주지만 후자는 자기 이야기만 한다. 전자는 "너도 살고, 나도 살자"고 하면 후자는 "너 죽고 나 죽자"고 한다. 전자는 "해보겠다"고 하면 후자는 "무조건 안 된다"고 한다.

또한 "난 꼭 할 거야"라면 "난 하고 싶었어", "지금 당장"은 "나중에", "왜, 무엇?"이라면 "어떻게, 언제?", "지금까지 이만큼 했다"면 "아직 이것밖에 못했다"고 할 만큼 대조적이다.

결국 성공인의 말투는 성취를 다짐하고, 작은 성공을 서로 축하하고, 실패를 나무라기보다 성취를 인정한다.

또한 화를 내기보다 유머를 즐기고, 남을 탓하기 전에 자신을 탓하고, 상대방의 장점에 초점을 맞추고, 부정문보다 긍정문으로 말하고, 상대방이 신나게 불러준다.

우리들에게 진정 도움이 되는 훌륭한 말은 돈으로 따질 수 없는 억만금이다. 그런 뜻이, 이 책을 읽는 분들에게 조금이라도 도움이 되었으면 하는 마음이다.

끝으로 이 책이 완성되기까지 조언과 도움을 준 박광연 친구에게 고마움을 전하며, 편집과 교정을 위해 수고해 준 말벗출판사의 박관식 대표와 편집부 직원들에게도 심심한 감사의 말을 전한다.

2015년 1월 안 세 걸

■ 차례

제1부 사랑

제2부 행복

제1부

매력적인 입술을 가지려면 친절한 말을 하라.
사랑스런 눈을 가지려면 사람들 속에서
좋은 것을 발견하라.
날씬한 몸매를 원하면
배고픈 사람들에게 음식을 나눠주라.

매력적인 입술을 가지려면

매력적인 입술을 가지려면 친절한 말을 하라. 사랑스런 눈을 가지려면 사람들 속에서 좋은 것을 발견하라. 날씬한 몸매를 원하면 배고픈 사람들에게 음식을 나눠주라.

아름다운 머릿결을 가지려면 하루에 한번 아이로 하여금 그 머릿결을 어루만지게 하라. 균형 잡힌 걸음걸이를 유지하려면 당신이 결코 혼자가 아니라는 사실을 기억하며 걸어라.

물건뿐 아니라 사람도 새로워져야 하고 재발견해야 하며, 활기를 불어넣어야 한다.

어떤 사람도 무시되어선 안 된다. 당신이 도움의 손길을 필요로 할 때 당신 역시 팔 끝에 손을 갖고 있음을 기억하라.

나이를 먹으면서 당신은 알게 될 것이다.

당신이 두 개의 손을 갖고 있음은, 한 손은 당신 자신을 돕기 위해 그리고 나머지 한 손은 다른 사람을 돕기 위해…

　　　　　　　■ 김혜자의 「꽃으로도 때리지 말라」에서

◗思索◖

배우 김혜자의 책 「꽃으로도 때리지 말라」는 지구촌 곳곳에서 고통받는 이들을 찾아다니며 구호활동을 벌인 이야기를 닮고 있다. 고즈넉하면서도 화사한 명품 연기로 많은 고정 팬을 확보하고 있는 배우 김혜자는 아프리카 내전 난민 구호활동으로 남긴 유명한 일화가 많다. 이로 인해 확산된 구호활동 인구의 증가도 그의 또 다른 업적이다.

▲ 배우 김혜자 씨가 2009년 남부 수단 톤즈 지역을 방문해 내전으로 어려운 난민들을 만난 모습.

사람들은 자신이 소유한 두 개의 손이 가진 의미를 잘 모른다. 그저 자신의 안전과 방어를 위해 존재하는 줄 안다. 그러나 저자는 두 개의 손 중 한 손은 자신을, 나머지 한 손은 타인을 돕기 위해 존재한다고 풀이한다.

더욱이 매력적인 입술, 사랑스런 눈, 날씬한 몸매, 아름다운 머릿결, 균형 잡힌 걸음걸이를 유지하려면 어떤 사람도 무시하지 말고 베풀어야 한다고 말한다. 그만큼 약자에 대한 도움의 손길은 오히려 자신을 성숙시킨다는 뜻이다.

우산

삶이란 우산을 펼쳤다 접었다 하는 일이요,
죽음이란 우산이 더 이상 펼쳐지지 않는 일이다.
성공이란 우산을 많이 소유하는 일이요,
행복이란 우산을 많이 빌려주는 일이고,
불행이란 아무도 우산을 빌려주지 않는 일이다.
꿈이란 우산 천과 같고, 계획은 우산살과 같고,
자신감은 우산 손잡이와 같다.
용기란 천둥과 번개가 치는 벌판을 홀로 지나가는 일이요,
포기란 비에 젖는 것이 두려워 집안에 머무는 일이다.
행운이란 소나기가 쏟아지는데 서랍 속에서 우산을 발견하는 것
이요, 불운이란 우산을 펼치기도 전에 비가 쏟아지는 것이다.
희망이란 거리에 나설 때쯤이면 비가 그칠 것이라고 믿는 것이
요, 절망이란 폭우가 쏟아지는데 우산에 구멍이 나 있다는 사실을
발견하는 것이다.
도전이란 2인용 우산을 만드는 일이요,
역경이란 바람에 우산이 젖혀지는 일이고,
지혜란 바람을 등지지 않고 우산을 펼치는 일이다.
사랑이란 한쪽 어깨가 젖는데도 하나의 우산을 둘이 함께 쓰는
것이요, 이별이란 하나의 우산 속에서 빠져나와 각자의 우산을 펼

치는 일이다.

쓸쓸함이란 내가 우산을 씌워줄 사람이 없는 것이요,

외로움이란 나에게 우산을 씌워줄 사람이 없는 것이고,

고독이란 비가 오는데 우산이 없는 것이다.

그리움이란 비가 오라고 기우제를 지내는 일이요, 망각이란 비에 젖은 우산을 햇볕에 말려 창고에 보관하는 일이다.

실수란 우산을 잃어버리는 일이요,

잘못이란 우산을 잊어버리는 일이다.

분노는 자동우산과 같고, 인내란 수동우산과 같다.

지식은 3단 우산과 같고, 지혜는 2단 우산과 같으며,

겸손은 장우산과 같다.

부모란 아이의 우산이요, 자녀는 부모의 양산이다.

연인이란 비오는 날 우산 속 얼굴이 가장 아름다운 사람이요,

부부란 비오는 날 정류장에서 우산을 들고 기다리는 모습이 가장 아름다운 사람이다.

여행을 위해서는 새로 산 우산이 필요하고,

추억을 위해서는 오래 된 우산이 필요하다.

비를 맞으며 혼자 걸어갈 줄 알면 인생의 멋을 아는 사람이요.

비를 맞으며 혼자 걸어가는 사람에게 우산을 내밀 줄 알면

인생의 의미를 아는 사람이다.

세상을 아름답게 만드는 것은 비요,

사람을 아름답게 만드는 건 우산이다.

한 사람이 또 한사람의 우산이 되어줄 때

한 사람은 또 한 사람의 마른 가슴에 단비가 된다.

■ 양광모 시인의 시에서

●思索●

시인은 '우산'이란 시 제목과 똑같은 시어로 사람의 인생 전반에 대해 고루 재미있게 표현했다. 하지만 좋은 중간 설명을 잘라먹은 듯해 난해한 면도 없지 않다. 물론 그것 역시 집착에 의한 불협화음일 수도 있다.

사람은 자고로 자신의 삶에 너무 집착하면 안 된다. 그런 오류에 빠지면 자신을 잃어갈 수밖에 없다.

이 세상에 단 하나뿐인 자신을 믿어야 한다. 자신감이 곧 힘이며, 자기 혼자만 가능한 일이 있다.

인생과 사랑을 자신의 것으로 만들어야 한다. 긍정적이며 적극적인 생각으로 참다운 나를 찾아야 한다.

나만이 할 수 있는 일을 찾아 열심히 노력하면 된다. 체면과 눈치를 볼 겨를이 없다. 오직 내 길만 가면 그뿐이다.

보다 인간적인 자신의 삶을 영위해야 한다. 삶을 배우려면 때로는 슬픔·고통·좌절도 필요하다. 그 따위의 안 좋은 일은 지나고 보면 인생의 일부일 따름이다. 슬픔, 고통, 좌절을 가슴에 안아보고 그저 편하게 버리는 연습을 해본다.

자신을 슬픔과 고통, 그리고 좌절로 구속하면 스스로 바보짓을 하는 셈이다. 슬픔이나 고통, 좌절을 마음에 담아두면 안 된다.

기쁨을 빼앗아 가는 것이 슬픔이며 고통이다. 좌절은 삶을 어긋나게 하고 인생을 포기하게 만드는 압세포이다.

한번뿐인 자신의 인생을 슬기롭고 보람 있게 풀어 나아가려면 아주 튼튼한 우산을 준비해야 할 것이다.

마음을 울린 결혼 주례

오늘 두 분이 좋은 마음으로 이렇게 결혼을 합니다. 그런데 이렇게 좋은 서로 사랑하는 마음으로 결혼을 하는데, 이 마음이 십 년, 이십 년, 삼십 년 가면 얼마나 좋겠습니까.

여기 앉아 계신 분들 결혼식장에서 약속한 것 다 지키고 살고 계십니까?

이렇게 지금 이 자리에서는 검은 머리가 하얀 파뿌리가 될 때까지 아무리 어려운 일이 있거나, 어떤 고난이 있더라도 서로 아끼고 사랑하며 서로 돕고 살겠는가 물으면, "예" 하며 약속을 해놓고는 3일을 못 넘기고 3개월, 3년을 못 넘기고 남편 때문에 못살겠다, 아내 때문에 못살겠다며 마음으로 갈등을 일으키고 다투기 십상입니다.

그래서 그렇게 결혼하기를 원해놓고는 살면서 아이고 괜히 결혼했다, 이럴 줄 알았으면 안 하는 게 나았을 걸 후회하는 마음을 냅니다. 그럼 안 살면 되는데 이렇게 많은 사람들 앞에서 약속을 해놓고 안 살 수도 없고, 이래 어영부영하다가 애기가 생기니까 또 애기 때문에 못하고, 이렇게 하면서 나중에는 서로 원수가 되어 가지고, 아내가 남편을 "아이고, 이 웬수야" 합니다.

이렇게 남편 때문에, 아내 때문에 고생 고생하다가 나이 들면서 겨우 포기하고 살 만하다 싶은데, 이제 또 자식이 애를 먹입니다.

자식이 사춘기 지나면서 어긋나고 온갖 애를 먹여 가지고 죽을 때까지 자식 때문에 고생하며 삽니다. 이것이 인생사입니다.

그래서 이렇게 결혼할 때는 다 부러운데 한참 인생을 살다보면 여기 이 스님이 부러워, 아이고 저 스님 팔자도 좋다 이렇게 됩니다.

이것이 거꾸로 된 것 아닙니까? 스님이 되는 것이 좋으면 처음부터 되지 왜 결혼해 살면서 스님을 부러워합니까?

이렇게 인생이 괴로움 속에 돌고 도는 이유가 있습니다. 오늘 제가 그 이유를 말할 테니 두 분은 여기 앉아 있는 사람들처럼 살지 마시기 바랍니다.

서로 이렇게 좋아서 결혼하는데 이 결혼할 때 마음이 어떠냐, 선도 많이 보고 사귀기도 하면서 남자는 여자를, 여자는 남자를 이것저것 따져보는데, 그 따져보는 그 근본 심보는 덕 보자고 하는 것입니다.

저 사람이 돈은 얼마나 있나, 학벌은 어떻나, 지위는 어떻나, 성질은 어떻나, 건강은 어떻나, 이렇게 다 따져 가지고 이리저리 고르는 이유는 덕 좀 볼까 하는 마음입니다.

손해 볼 마음이 눈곱만큼도 없습니다. 그래서 덕 볼 수 있는 것을 고르고 고릅니다. 이렇게 골랐다는 것은 덕 보겠다는 마음이 있습니다. 그러니 아내는 남편에게 덕 보고자 하고 남편은 아내에게 덕 보겠다는 이 마음이 살다 보면 다툼의 원인이 됩니다.

아내는 30% 주고 70% 덕 보자 하고, 남편도 자기가 한 30% 주고 70% 덕 보려고 하니, 둘이 같이 살면서 70%를 받으려고 하는데 실제로는 30%밖에 못 받으니까 살다보면 결혼을 괜히 했나 속았나 하는 생각을 십중팔구 하게 됩니다. 속은 것은 아닌가, 손해 봤다는 생각이 드니까 괜히 했다, 이런 생각이 듭니다.

그런데 이 덕 보려는 마음이 없으면 어떨까? 좀 적으면 어떨까요? 아이고 내가 저분을 좀 도와줘야지, 저분 건강이 안 좋으니까 내가 평생 보살펴 줘야겠다, 저분 경제가 어려우니 내가 뒷바라지 해 줘야겠다, 아이고 저분 성격이 저렇게 괄괄하니까 내가 껴안아서 편안하게 해줘야겠다.

이렇게 베풀어 줘야겠다는 마음으로 결혼을 하면 길 가는 사람 아무하고 결혼해도 별 문제가 없습니다.

그런데 덕 보겠다는 생각으로 고르면 백 명 중에 고르고 골라도 막상 정하고 보면 제일 엉뚱한 걸 고른 것이 됩니다. 그래서 옛날 조선시대에는 얼굴도 안 보고 결혼해도 잘살았습니다.

시집가면 죽었다 생각하거든. 죽었다 생각하고 시집을 가보니 그래도 살 만하니까 웃고 사는데, 요새는 시집가고 장가가면 좋은 일이 생길까 기대하고 가보지만 가봐도 별 볼 일이 없으니까, 괜히 결혼을 했나 후회가 됩니다.

결혼식하고 며칠 안 돼서부터 후회하기 시작합니다. 어떤 사람은 결혼하기 전부터 후회하는 사람도 있습니다.

왜냐? 신랑신부 혼수 구하러 다니다가 의견 차이가 생겨서 벌써 다투게 됩니다. 안 했으면 하지만 날짜 잡아놔서 그냥 하는 사람들도 제가 많이 봅니다.

오늘 이 자리의 두 사람이 여기 청년정토회에서 만나서 부처님 법문 듣고 했으니까 제일 중요한 것은 오늘 이 순간부터는 덕 보겠다는 생각을 버려야 됩니다.

내가 아내에게, 내가 남편에게 무얼 해줄 수 있을까. 내가 그래도 저분하고 살면서 저분이 나하고 살면서 그래도 좀 덕 봤다는 생각이 들도록 해줘야 않느냐? 이렇게만 생각하면 사는 데 아무 지장이 없습니다. 그런데 심보를 잘못 가져놓고 자꾸 사주팔자를 보려고 합니다.

궁합 본다고 바뀌는 게 아닙니다. 바깥 궁합 속궁합 다보고 삼년을 동거하고 살아봐도 이 심보가 안 바뀌면 사흘 살고 못삽니다. 그러니 이 하객들은 다 실패한 사람들이니까 괜히 둘이 잘살면 심보를 부립니다.

남편에게 "왜 괜히 바보같이 마누라에게 쥐어 사나, 이렇게 할 것 뭐 있나" 하고, 아내에게는 "니가 왜 그렇게 남편에게 죽어 사나, 니가 얼굴이 못났나 왜 그렇게 죽어 사노." 합니다.

이렇게 옆에서 살살 부추기며, 결혼할 땐 박수치지만 내일부터는 싸움을 붙입니다. 이런 말은 절대 들으면 안 됩니다. 이것은 실패한 사람들이 괜히 심술을 놓는 것입니다.

남이 뭐라고 해도 나는 남편에게 덕 되는 일 좀 해야 되겠다. 남이 뭐라 그러든 어머니가 뭐라 그러든 아버지가 뭐라 그러든, 누가 뭐라 그러든 나는 아내에게 도움이 되는 남편이 되어야겠다고 이렇게 지금 이 순간 마음을 딱 굳혀야 합니다.

괜히 애까지 낳아놓고 나중에 이혼한다고 소란 피우지 말고 지금 생각을 딱 굳혀야지. 그렇게 하시겠어요? 덕 봐야 돼요? 손해 봐야 돼요? "손해 보는 것이 이익이다"는 것을 확실하게 가져야 합니다.

오늘 두 분 결혼식에 참여한 사람들은 반성 좀 해야 합니다. 이렇게 두 분의 마음이 딱 합해지면 어떻게 되느냐? 아내의 오장육부가 편안해집니다. 이 오장육부가 편해지면 어떻게 되느냐?

임신해서 애기를 갖게 될 때 영향을 받습니다. 영가들도 죽을 때 초조 불안해 죽은 귀신도 있고, 편안하게 도 닦다 죽은 사람도 있습니다.

편안한 데는 편안한 게 인연을 맺어오고, 초조 불안하면 초조 불안한 게 딱 들어옵니다. 그래서 이것을 잉태라고 합니다. 태교가 아니고, 잉태할 때 여자가 마음이 편안한 상태에서 잉태를 하면 선신을 잉태하고, 심보가 안 좋을 때 잉태하면 악신을 잉태합니다. 처음에 씨를 잘 받아야 합니다.

그런데 대부분 결혼해 가지고 덕 보려 했는데 손해를 보니까, 심사가 뒤틀려 있는 상태에서 같이 자다보니 애가 생깁니다. 기도하고 정성 다해서 애가 생기는 것이 아니고, 그냥 둘이 좋아 가지고 '더부덕 덥덥'하다 보니까 애기가 생겨 버립니다.

그러니 이게 처음부터 태교가 잘못됩니다. 이렇게 잉태해 가지고는 성인 낳기는 틀린 것입니다.

그리고 여러분들이 밥 먹고 짜증내고 신경질 내면 나중에 위를 해부해보면 소화가 안 되고 그냥 있습니다. 이 자궁이라는 것은 어머니의 오장육부하고 연결되어 있습니다. 이것이 신경을 곤두세우고 짜증을 내면 오장육부가 긴장되어 있습니다.

안에 있는 애기가 늘 긴장 속에서 살아가야 합니다. 그래서 이것이 선천적으로 신장질환이 생기든지 아이가 불안한 마음을 갖습니다.

엄마가 편안한 마음을 갖고 있고 원기가 늘 따뜻하게 돌고, 애기가 그 안에 있으면 그렇게 편안할 수가 없어요. 그러니까 이 아이는 나중에 태어나도 선천적으로 도인처럼 편안한 사람이 됩니다. 그러니까 남편이 어떻든 세상이 어떻든 애를 가진 이는 편안해야 합니다. 편안하려면 수행을 해야 합니다.

그런데 아내가 편안한 것은 누구의 영향을 받느냐 하면 바로 남편의 영향을 받습니다. 남편이 좋은 애를 낳고 싶으면서 아내를 걱정시키면 좋은 아이가 나올 수가 없습니다.

그러니까 아내가 애를 가졌다고 하면 집에 일찍 들어오고, 나쁜 것은 안 보여주고, 늘 아껴주고 사랑해줘서 거들어 줘야 합니다.

시어머니들도 좋은 손자를 보고 싶은데 며느리를 볶으면 나쁜 애가 나옵니다. 그러니까 며느리가 편안하도록 해줘야 합니다.

제일 중요한 것은 누가 뭐라고 해도 본인이 편안한 것이 제일 좋고, 주위에서도 이렇게 해줘야 합니다. 이렇게 정신이 중요하고, 두 번째는 음식을 가려먹어야 합니다. 육식을 조금 하고 채식을 많이 하고, 술 담배를 멀리 하고 이렇게 해야 애기가 좋습니다.

그리고 세 번째, 애기를 낳은 후에 아무것도 모른다고 둘이서 서로 싸운다면 안 됩니다. 한국에서 태어나면 한국말 배우고, 미국에서 태어나면 미국말 배우고, 일본에서는 일본말 배우고, 원숭이 무리에서 자라면 원숭이 되는 것이 사람입니다.

그러니까 어릴 때 부모가 하는 것을 그대로 본받아서 아이의 심성이 됩니다. 그래서 옛날부터 세 살 버릇 여든까지 간다는 말이 있습니다. 그런데 애기가 조그마하다고 애기를 옆에 두고 둘이서 짜증내고 다투면 사진 찍듯이 그대로 아기 심성이 결정이 납니다.

그래서 아버지가 술주정하고 그러면 아이가 '나는 크면 절대로 그렇게 안 할 거야'라고 하지만 크면 술주정합니다. 다투는 집에서 태어나면 '자기는 크면 절대로 다투지 않겠다'고 하지만 크면 다투게 되어 있습니다. 왜냐하면 그대로 모방하기 때문입니다.

그러니 아내는 애기를 낳으려면 직장을 다니지 말아요. 아니면 3년은 직장을 그만두어요. 아니면 애기를 업고 직장에 나가든지. 이렇게 해서 아이를 우선적으로 해야 합니다. 아이를 우선적으로 하려면 아이를 낳고 안 그러려면 안 낳아야 합니다.

안 그러면 아이가 복덩어리가 되는 것이 아니라 아이가 인생을 망치는 고생덩어리가 됩니다. 아이 때문에 평생 고생하고 살게 됩니다. 3년까지만 하면 과외 안 시켜도 괜찮고 아무 문제가 없습니다. 제 말 잘 들으십시오.

이렇게 안 하려면 낳지 말고 낳으려면 반드시 이렇게 하십시오. 그래야 나도 좋고 자식도 좋고 세상도 좋습니다. 잘못 애 낳아서 키워놓으면 세상이 시끄럽습니다. 반드시 이것을 명심하십시오. 가정에서 이것이 첫째입니다.

두 번째, 제가 신도 분들 많이 만나보면 애 때문에 시골 살면서 남편 떼어놓고 애 데리고 서울로 이사 가는 사람, 애 데리고 미국에 가는 사람이 있는데 이것은 절대 안 됩니다.

두 부부는 애기 세 살 때까지만 애를 우선적으로 하고 그 이후에는 어떤 일이 있더라도 남편은 아내, 아내는 남편을 우선으로 해야 합니다. 애기는 늘 이차적으로 생각하십시오.

대학에 떨어지든지 뭘 하든지 신경 쓰지 마십시오. 누가 제일 중요하냐? 아내와 남편이 첫째입니다. 남편이 다른 곳으로 전근 가면 무조건 따라가십시오. 돈도 필요 없습니다. 학교 몇 번 옮겨도 됩니다.

이렇게 남편은 아내를, 남편은 아내를 중심으로 놓고 세상을 살면 아이들은 전학을 열 번 가도 아무 문제없이 잘삽니다. 그런데 애를 중심으로 놓고 오냐오냐 하면서 자꾸 부부가 헤어지고 갈라지면 애는 아무리 잘해줘도 망칩니다.

여기도 그렇게 사는 사람 있을 것입니다. 오늘부터 정신 차리십시오. 제 얘기를 선물로 받아 가십시오.

이렇게 해야 가정이 중심이 서고 가정이 화목해집니다. 이렇게 먼저 내가 좋고 가정이 화목한 것을 하면서 내가 사는 세상에도 기여를 해야 합니다.

우리만 잘산다고 되는 것이 아닙니다. 그러니까 늘 내 자식만 귀엽게 생각 말고 이웃집 아이도 귀엽게 생각하고, 내 부모만 좋게 생각하지 말고 이웃집 노인도 좋게 생각하십시오. 이런 마음을 내면 어떠냐? 내가 성인이 되고 자식이 좋은 것을 본받습니다.

그리고 부모에게 불효하고 자식에게 정성을 쏟으면 반드시 자식이 어긋나고 불효합니다. 그런데 늘 자식보다는 부모를, 첫째가 남편이고 아내고 두 번째는 부모가 돼야 자식이 교육이 똑바로 됩니다.

애를 매를 들고 가르칠 필요 없이 내가 늘 부모를 먼저 생각하면 자식이 저절로 됩니다. 그러니까 애를 키우다 나중에 저게 누굴 닮아 그러나 하면 안 됩니다. 누굴 닮겠습니까. 둘을 닮습니다.

다시 한 번 말씀드립니다. 나쁜 인연을 지어서 나쁜 과보를 받아 나중에 후회하지 말고 반드시 인연을 잘 지어서 처음에 조금만 노력하면 나중에 평생 편안하게 살 수 있습니다.

두 부부는 서로 도움이 되는 사람이 되려고 해야 합니다. 자식을 낳으려면 잉태할 때와 뱃속에 있을 때, 세 살 때까지가 중요하니 마음이 편안해야 하고 부부가 화합해야 합니다.

주로 결혼해서 틈이 생길 때 애가 생기고, 저 남자와 못 살겠다 할 때 애기를 키우기 때문에 아이들이 사춘기가 되면 부모에게 저항하게 되는 것입니다. 애가 중학교까지 잘 다니다가 고등학교 가더니 그렇다, 친구 잘못 사귀어서 그렇다고 하지만 그렇지가 않습니다.

콩 심은 데 콩 나고 팥 심은 데 팥 납니다. 그러니 이미 애기가 그렇게 되었거든 지금 엎드려서 참회를 하여야 고쳐집니다. 지금 이 부부는 안 낳았으니까 반드시 그렇게 낳아야 합니다.

세 번째, 남편과 아내를 서로 우선시하고 자식을 우선시하지 않습니다. 첫째가 남편이나 아내를 우선시하고 둘째가 부모를 우선시하지 남편이나 아내보다도 부모를 우선시하면 안 됩니다. 그것은 옛날이야기입니다.

　일단 아내와 남편을 우선시할 것, 두 번째 부모를 우선시할 것, 세 번째 자식을 우선시해야 집안이 편안해집니다. 그러고 나서 사회의 여러 가지도 함께 기여를 하셔야 합니다.

　이러면 돈이 없어도 재미가 있고, 비가 새는 집에 살아도 재미가 있고, 나물 먹고 물 마셔도 인생이 즐거워집니다.

　즐겁자고 사는 거지 괴롭자고 사는 것이 아니니까, 두 부부는 이것을 중심에 놓고 살아야 합니다. 그래야 남편이 밖에 가서 사업을 해도 사업이 잘되고, 뭐든지 잘됩니다.

　그런데 돈에 눈이 어두워 가지고 권력에 눈이 어두워 가지고, 자기 개인의 이익에 눈이 어두워 가지고 자기 생각 고집해서 살면 결혼 안 하느니 보다 못합니다. 그러니 지금 좋은 이 마음이 죽을 때까지 내생에까지 가려면 반드시 이것을 지켜야 합니다.

　이렇게 살면 따로 머리 깎고 스님이 되어 살지 않아도 해탈하고 열반할 수 있습니다. 그것이 대승보살의 길입니다.

　제가 부주 대신 이렇게 말로 부주를 하니까 두 분이 꼭 명심하시기 바랍니다.

■ 법륜 스님의 주례사에서

●思索●

　이 글은 서울 서초동 정토법당에서 있었던 법륜 스님의 '결혼 주례법문'이다.

　평소 시원한 성격의 스님답게 걸쭉한 주례사가 결혼 당사자는 물론 현장을 찾은 이들까지 화목안석으로 만들어 관심을 끌었다.

▲ 콩 심은 데 콩 나고 팥 심은 데 팥 난다. 민들레 홀씨 날아 민들레 뿌리 내린다.

남녀간 사랑의 생명은 생각보다 짧다고 한다. 그 이유는 무엇 때문일까.

미국 코넬대학 연구팀은 남녀가 결혼 이후의 강한 애정 기간이 18~30개월에 불과하다고 발표한 적이 있다.

이 단계가 지나면 상대를 봐도 더 이상 가슴이 뛰거나 손에 땀이 나는 일이 없어진다고 한다. 그래서 결혼 후 3~4년이 지나면서 파경을 맞는 부부들이 늘어나고 있다.

부부 결합은 언제까지나 애정만 따질 일은 아니다. 그 삶에는 서로의 섬김이 있어야 한다. 이에 따라 결혼 전에는 눈을 크게 떠 상대방을 살펴보고, 결혼 후에는 눈을 반쯤만 떠 상대를 보라고 했다.

결혼 생활의 3할은 사랑이고 7할은 용서라고 한다. 부부 사랑의 성공은 이해와 용서와 섬김으로 서로 감싸주는 것이다.

애초부터 전혀 다른 두 사람이 만나 별다른 갈등 없이 애정 넘치게 살 수 있다는 기대 자체가 무리다.

사랑하는 데 있어 갈등은 당연한 일이다. 하지만 그런 갈등을 극복해내려면 사랑하는 마음 외에 몇 가지 사랑의 기술이 필요하다.

즉 상대방을 비난하지 않으면서 자기 주장하기, 상대방의 입장에서 듣기, 적절한 선에서 서로 타협하기, 감정이 격해질 때는 잠시 쉬기 등의 기술을 이용해야 한다.

우리 모두 사랑을 하고 사랑을 주는 데 인색하면 안 된다. 사랑하는 일은 쉽고 간단하다. 단지 복잡한 것이 우리들일 따름이다.

가까운 사이일수록 "사랑한다, 고맙다, 수고했다, 미안하다, 괜찮다"는 말을 많이 사용해야 한다.

부부 사이는 더욱 더 그렇다.

아버지와 나

아주 오래 전, 내가 올려다본 그의 어깨는 까마득한 산처럼 높았다.

그는 젊고, 정열이 있었고, 야심에 불타고 있었다. 나에게 그는 세상에서 가장 강한 사람이었다.

내 키가 그보다 커진 것을 발견한 어느 날, 나는 나 자신에 대해 생각하기 시작했다. 그리고 서서히 그가 나처럼 생각하지 않는다는 걸 알았다.

이 험한 세상에서 내가 살아 나갈 길은 강자가 되는 것뿐이라고 그는 얘기했다. 난, 창공을 나는 새처럼 살 거라고 생각했다. 내 두 발로 대지를 박차고 날아올라 내 날개 밑으로 스치는 바람 사이로 세상을 보리라 맹세했다.

내 남자로서의 생의 시작은 내 턱 밑의 수염이 나면서가 아니라 내 야망, 내 자유가 꿈틀거림을 느끼면서 이미 시작되었다고 믿기 때문이다.

그러나 그는 대답하지 않았다.

저기 걸어가는 사람을 보라. 나의 아버지, 혹은 당신의 아버지인가?

가족에게 소외받고 돈 벌어 오는 자의 비애와 거대한 짐승의 시체처럼 껍질만 남은 권위의 이름을 짊어지고 비틀거린다.

집안 어느 곳에서도 지금 그가 앉아 쉴 자리는 없다.

이제 더 이상 그를 두려워하지 않는 아내와 다 커 버린 자식들 앞에서 무너져 가는 모습을 보이지 않기 위한 남은 방법이란 침묵뿐이다.

우리의 아버지들은 아직 수줍다. 그들은 다정하게 뺨을 부비며 말하는 법을 배운 적이 없었다.

그를 흉보던 그 모든 일들을 이제 내가 하고 있다. 스펀지에 잉크가 스며들 듯 그의 모습을 닮아 가는 나를 보며 이미 내가 어른들의 나이가 되었음을 느낀다.

그러나 처음 둥지를 떠나는 어린 새처럼 나는 아직도 모든 것이 두렵다.

언젠가 내가 가장이 된다는 것, 내 아이들의 아버지가 된다는 것이 무섭다. 이제야 그 의미를 알기 시작했기 때문이다.

그리고 그 누구에게도 그 두려움을 말해선 안 된다는 것이 가장 무섭다. 이제 당신이 자유롭지 못했던 이유가 바로 나였음을 알 것 같다.

이제, 나는 당신을 이해할 수 있다고 더 이상 생각하지 않는다.

그것은 오랜 후에 당신이 간 뒤에 내 아들을 바라보게 될 쯤에야 이루어질까.

오늘밤 나는 몇 년 만에 골목길을 따라 당신을 마중 나갈 것이다.

할 말은 길어진 그림자 뒤로 묻어 둔 채 우리 두 사람은 세월 속으로 같이 걸어갈 것이다.

■ 신해철 가수의 노래 중에서

●思索●

▲ 오늘밤 나는 몇 년 만에 골목길을 따라 당신을 마중 나갈 것이다.

"네가 무슨 꿈을 이루는지에 대해 신은 관심을 두지 않는다. 하지만 행복한지 아닌지에 대해서는 엄청난 신경을 쓰고 있다. 그러니 꿈을 이룬다는 성공의 결과보다는 자신의 행복이 더 중요한 거라 생각한다."

이는 가수 신해철이 살아생전에 한 말이다. 참으로 깊이가 있다. 이름 있는 웬만한 철학자가 한 금언이라면 근세 빛을 발할 만하지만 우리나라 가수의 경우는 그렇지 않다.

한창 힘차게 살아가야 할 아까운 47세 나이에 황망히 세상을 떠난 가수 신해철.

2014년 10월 27일 그의 갑작스런 부고를 듣고 떠오은 노래가 바로 이 '아버지와 나'였다.

신해철이 직접 작사, 작곡하고 가슴 찡한 내레이션이 깊은 여운을 남긴다. 일개 가수가 썼다는 사실이 믿겨지지 않을 만큼 숙중한 문장이 돋보여 감동까지 더한다.

그의 노래 가사들은 인생의 철학적 깊이가 실려 무게가 있다. 세상이 꽉 막혀 답답할 때 올곧지 못한 사회에 쓴소리를 거침없이 내뱉었던 신해철의 독설은 입 막혀 있던 우리 시대의 해방구였다.

재능 많은 그의 갑작스런 죽음은 참으로 아쉬움이 많이 남는다. 짧은 생애 동안 이 세상에 굵직한 획을 긋고 떠난 가수 신해철의 '아버지와 나'는 우리 시대 아버지의 무게를 다시 느끼게 해준다.

"오늘밤 나는 몇 년 만에 골목길을 따라 당신을 마중 나갈 것이다. 할 말은 길어진 그림자 뒤로 묻어 둔 채 우리 두 사람은 세월 속으로 같이 걸어갈 것이다."

이 마지막 문장은 마치 그의 죽음을 미리 예고한 것만 같아 더 애잔하다.

그는 가고 없지만 그의 음악이 영원히 살아남아 우리와 함께할 것이다.

사랑하는 이가 있기에

삶이 힘들어 지칠 때면 나는 얼른 나를 사랑하는 이가 있음을 기억해 냅니다.

그러면 새 힘이 생기고 삶의 짐이 가벼워집니다.

나를 사랑하는 사람이 이 세상에 있다는 것은 나의 가장 큰 힘입니다.

사람에게 실망하고 미움이 일어날 때면 나는 얼른 나를 사랑하는 이가 있음을 기억해 냅니다.

그러면 미움이 사라지고 다시 사람을 신뢰하게 됩니다.

나를 사랑하는 사람이 이 세상에 있다는 것은 나의 가장 큰 힘입니다.

슬픔과 아픔이 나를 휩쌀 때면 나는 얼른 나를 사랑하는 이가 있음을 기억해 냅니다.

그러면 슬픔이 옅어지고 아픔이 치료됩니다.

나를 사랑하는 사람이 이 세상에 있다는 것은 나의 가장 큰 힘입니다.

외롭고 쓸쓸하다고 느껴질 때면 나는 나를 사랑하는 이가 있음을 기억해 냅니다.

그러면 외로움과 쓸쓸함이 썰물처럼 밀려가고 함께 살아가는 이들의 정다운 모습이 밀물처럼 밀려옵니다.

나를 사랑하는 사람이 이 세상에 있다는 것은 나의 가장 큰 힘입니다.

좌절하고 낙심될 때면 나는 얼른 나를 사랑하는 이가 있음을 기억해 냅니다. 그러면 좌절의 늪에서 빠져 나와 새로운 소망의 언덕에 서게 됩니다.

나를 사랑하는 사람이 이 세상에 있다는 것은 나의 가장 큰 힘입니다. 일이 잘되지 않고 실수하여 야단맞을 때면 나는 얼른 나를 사랑하는 이가 있음을 기억해 냅니다.

▲ 나를 사랑하는 사람이 이 세상에 있다는 것은 나의 가장 큰 힘이다.

그러면 나의 부족함이 깨우쳐지고 겸손한 자세로 새로운 다짐과 노력을 하게 됩니다.

나를 사랑하는 사람이 이 세상에 있다는 것은 나의 가장 큰 힘입니다.

▣ 정용철의 「가슴에 남는 좋은 느낌 하나」에서

●思索●

이 글은 글쓴이가 살아오면서 깨달은 생활 속의 감동과 지혜를 묶은 수필로 화려한 미사여구보다는 담담한 어조가 편안함을 준다.

이 세상을 살아가는 데 진정 나란을 사랑해 줄 이가 있다면 얼마나 행복할까?

삶이 힘들어 피곤하고 지칠 때, 사람에게 실망하여 미운 감정이 생길 때, 슬픔과 아픔이 온통 휘감을 때, 외롭고 쓸쓸할 때, 처절하고 낙심할 때, 일이 잘되지 않고 실수가 반복될 때마다 나를 사랑하는 이가 있음을 기억하라는 것이다.

그러면 모든 것을 견디고 참아낼 수 있다는 긍정의 무한한 힘을 제시해 준다.

인생 험로를 헤쳐 나아가는 데 부정보다 긍정의 마인드가 얼마나 중요한지 새삼 일깨워준다. 삶이 어려울수록 더 긍정적일 수밖에 없다.

사랑의 종류

진정한 사랑은 마음으로 나누는 사랑이고, 가치 있는 사랑은 오직 한 사람에 대한 사랑이며, 헌신적인 사랑은 되돌려 받을 생각 없이 하는 사랑이다.

소중한 사랑은 영원히 간직하고픈 사람과 나누는 사랑이고, 행복한 사랑은 마음의 일치에 의하여 나누는 사랑이며, 뿌듯한 사랑은 주는 사랑이다.

포근한 사랑은 정(情)으로 나누는 사랑이고, 아름다운 사랑은 두 영혼이 하나가 되는 사랑이며, 황홀한 사랑은 두 육체가 하나가 되는 사랑이다.

건강한 사랑은 부부끼리 나누는 사랑이고, 용기 있는 사랑은 사랑하고픈 사람과 나누는 사랑이며, 끈끈한 사랑은 핏줄에 대한 사랑이다.

감격적인 사랑은 오랫동안 떨어졌다 다시 만난 사랑이고, 깜찍한 사랑은 아이와 나누는 사랑이며, 때 묻지 않은 사랑은 첫사랑이다.

순간의 사랑은 마음이 배제된 사랑이고, 영원한 사랑은 마음이 합치된 사랑이며, 끝없는 사랑은 죽음에 이르러서까지 나누는 사랑이다.

불행한 사랑은 사랑해서는 안 될 사람과 나누는 사랑이고, 값싼 사랑은 사랑의 대상을 자주 바꾸는 사랑이며, 천박한 사랑은 육욕(肉慾)에 치우친 사랑이다.

억울한 사랑은 마지못해서 하는 사랑이고, 비참한 사랑은 굶주린 상태에서 하는 사랑이며, 가난한 사랑은 받는 사랑이다.

비굴한 사랑은 일방적으로 매달리는 사랑이고, 외로운 사랑은 짝사랑이며, 아쉬운 사랑은 미련이 남는 사랑이다.

고독한 사랑은 혼자서 나누는 사랑이고, 추한 사랑은 강제로 나누는 사랑이며, 쓰디쓴 사랑은 이별한 사랑이다.

진정한 사랑은 마음으로 나누는 사랑이고, 가치 있는 사랑은 오직 한 사람에 대한 사랑이며, 헌신적인 사랑은 되돌려 받을 생각 없이 하는 사랑이다.

소중한 사랑은 영원히 간직하고픈 사람과 나누는 사랑이고, 행복한 사랑은 마음의 일치에 의하여 나누는 사랑이며, 뿌듯한 사랑은 주는 사랑이다.

　　　　　　　■ 송천호의 「인생에는 마침표가 없다」 중에서

●思索●

사랑의 종류는 관점, 시각, 생각 등에 따라 여러 갈래로 파생될 만큼 무궁무진하다. 고상한 사랑이 있는가 하면 상투적인 흔한 사랑도 결국 사랑의 한 종류다.

철학에서 말하는 사랑에는 에로스, 아가페, 필리아 등 세 가지가 있다. 에로스는 이상적 상태를 추구하는 사랑이고, 아가페는 무조건적인 사랑이다. 필리아는 우애, 동료애, 우정 등을 뜻한다.

사랑은 물과 같다. 끝없는 바다처럼 시퍼렇게 출렁거리다가도 순식간에 사라져 보이지 않는다. 어느새 구름으로 둥실둥실 떠다니다가 가랑비나 소나기로 퍼붓는다. 장맛비로 질척이며 내리다가 냇물처럼 졸졸 흐른다. 강물처럼 넉넉하다가 폭포처럼 쏟아지고 끓어 넘치기도 한다. 그러다가 문득 안개처럼 퍼지고 이슬처럼 맺힌다.

사랑의 마음이 새싹에 떨어져 새 생명을 기르게 하고, 목마른 자의 목숨을 건지게 하고, 회한의 눈물을 흘리게 하고, 홍수처럼 모든 것을 휩쓸어 죽이기도 한다.

또한 모든 것을 받아들이는 바다처럼 또 밑끝으로 떨어지는 폭포처럼 사랑은 다양하게 나타난다.

그래서 사랑이란 말은 사람에 따라 천차만별의 뜻으로 사용되고 상황마다 다르다. 사랑과 관련 있는 말만 찾아봐도 수없이 많고 어원을 살펴봐도 그 변천 과정이 너무나 다채롭다.

우리가 생활 속에서 사랑에 대해 다양하게 이야기하더라도 그것이 같은 의미로 통하기란 어렵다.

어떤 때는 사랑한다는 말이 '굿모닝'이나 '나에게 관심을 가져줘'란 뜻이 되거나 파이팅의 의미가 되기도 한다. 섹스를 강조하기도 하고, 정신적 교감을 나타내기도 하고, 단순한 관심으로 표출될 수도 있다.

물론 사람마다 개인 성격이 다르듯이 각자의 사랑은 지문만큼 서로 같을 수가 없다. 그러므로 당신의 사랑은 아름답다.

코카콜라 CEO의 신년 인사

Imagin life as a game in which you are juggling five balls in the air.

인생을 공중에서 5개의 공을 돌리는 것(저글링)이라고 상상해 봅시다.

You name them: work, family, health, friends, and spirit, and you're keeping all of them in the air.

그리고 각각의 공을 일·가족·건강·친구·영혼(나)이라고 명명하고, 모두 공중에서 돌리고 있다고 생각해 보십시오.

You will soon understand that work is a rubber ball. If you drop it, it will bounce back.

당신은 조만간 일이란 공은 고무공이어서 떨어뜨리더라도 바로 튀어 오르는 것을 알 것입니다.

But the other balls - family, health, friends, and spirit are made of glass.

그러나 다른 4개의 공들(가족, 건강, 친구, 영혼)은 유리로 되어 있음을 알 것입니다.

If you drop one of these, they will be irrevocably scuffed, marked, nicked, damaged, or even shattered. They will never be the same.

만일 당신이 이 중 하나라도 떨어뜨리면 이 공들은 닳고, 상처 입고, 긁히고, 깨지고, 흩어져 다시는 전처럼 될 수 없습니다.

You must understand that and strive for balance in your life.

당신은 당신의 인생에서 이 5개의 공들이 서로 균형을 이루도록 노력해야 합니다.

How?

그럼 어떻게 균형을 유지할 수 있을까요?

Don't undermine your worth by comparing yourself with others. It is because we are different that each of us is special.

당신은 자신을 다른 사람들과 비교해 과소평가하지 마십시오. 왜냐하면 우리들은 각자 모두 다르고 특별한 존재이기 때문입니다.

Don't set your goals by what other people deem important. Only you know what is best for you.

당신의 목표를 다른 사람들이 중요하다고 생각하는 것들에 두지 말고, 자신에게 가장 최선이라고 생각되는 것에 두십시오.

Don't take for granted the things closest to your heart. Cling to them as your life, for without them, life is meaningless.

당신 마음에 가장 가까이 있는 것들을 당연하게 생각하지 마십시오. 당신의 삶처럼 그것들에 충실하십시오. 그것들이 없는 당신의 삶은 무의미합니다.

Don't let life slip through your fingers by living in the past or for the future. By living your life one day at a time, you live ALL the days of your life.

과거나 미래에 집착해 당신의 삶이 손가락 사이로 빠져나가게 하지 마십시오. 하루하루 사는 것이 모여서 인생의 모든 날들을 사는 것입니다.

Don't give up when you still have something to give. Nothing is really over until the moment you stop trying.

아직 줄 수 있는 것이 남아 있다면 결코 포기하지 마십시오. 당신이 노력을 멈추지 않는 한 아무것도 진정으로 끝난 것은 없습니다.

Don't be afraid to admit that you are less than perfect. It is this fragile thread that binds us together.

당신이 완전하지 못하다는 것을 과감하게 인정하십시오. 우리들을 구속하는 것이 바로 이 덧없는 두려움입니다.

Don't be afraid to encounter risk. It is by taking chances that we learn to be brave.

위험에 부딪히기를 두려워 말고, 용기를 배울 수 있는 기회로 삼으십시오.

Don't shut love out of your life by saying it's impossible to find. The quickest way to receive love is to give; the fastest way to lose love is to hold it too tightly; and the best way to keep love is to give it wings.

사랑을 찾을 수 없다고 말함으로써 사랑을 포기하지 마십시오. 사랑을 얻는 가장 빠른 길은 주는 것이고, 사랑을 잃는 가장 빠른 길은 너무 꽉 쥐고 놓지 않는 것이며, 사랑을 유지하는 최선의 길은 그 사랑에 날개를 달아 주는 것입니다.

Don't forget that a person's emotional need is to feel appreciated.

사람들의 기본적인 욕구는 남에게 인정받는 것이라는 사실을 잊지 마십시오.

Don't forget that a person's greatest emotional need is to feel appreciated.

사람에게 가장 필요한 감정은 다른 이들이 당신에게 고맙다고 느끼는 점이라는 것을 잊지 마십시오.

Don't use time or words carelessly. Neither can be retrieved.

시간이나 말을 함부로 사용하지 마십시오. 둘 다 다시는 주워 담을 수 없습니다.

Life is not a race, but a journey to be savored each step of the way.

인생은 경주가 아니라 그 길의 한 걸음 한 걸음 음미하는 여행입니다.

Yesterday is a History, Tomorrow is a Mystery, and Today a gift that's way we call it - the Present.

어제는 역사이고, 내일은 미스터리이며, 그리고 오늘은 선물입니다. 그래서 우리는 현재(present)를 선물(present)이라고 말합니다.

▣ 미국 코카콜라 CEO 더글러스 대프트가 한 말

●思索●

이 신년 인사는 미국 코카콜라 CEO 더글러스 대프트(Douglas Daft)가 2000년 취임에 앞서 자신이 감명 깊게 들었던 코카콜라 부사장인 다이슨(Brian Dyson)의 졸업식 축사를 전 직원들에게 소개하면서 화제가 됐다.

우리는 저마다 개성과 인격을 지닌 지구상에 단 하나뿐인 소중한 사람들이다. 그런 내 자신을 사랑하는 법은 도대체 무엇일까?

우리는 어릴 때부터 자기 자신을 사랑하는 법보다 남들과 경쟁에서 이기는 방법을 배우며 살아왔다.

▲ 인생은 경주가 아니라 그 길의 한 걸음 한 걸음 음미하는 여행이다.

남들보다 공부 잘하고, 싸움과 운동을 잘하고, 칭찬과 인정을 받는 등 뭔가 달성해야 마치 그것이 자기 사랑인 줄 착각해 왔다.

그러나 그것들이 생각대로 되지 않으면 자신을 평하한다. 우리는 항상 결과만 바라보고 그로써 자신을 평가한다.

물론 그을 통한 반성은 필요하지만 지나친 비난이나 자기학대는 안 된다.

자기 스스로 "괜찮아, 내가 너를 지켜줄게"라며 자아 사랑의 마음으로 토닥여줘야 한다. 나를 사랑하는 방법은 우리의 무의식을 대하는 것과 같다. 마음이란 내가 어떻게 하느냐에 달라지기 때문이다.

자신을 사랑하는 법은 좋은 점만 보는 것이 아니라 부족한 점까지도 수용해야 한다. 그럴 경우 우리의 자존감은 높아지고 자신감과 함께 용기가 생긴다.

자기 자신을 사랑하지 않고는 누군가 사랑할 수 없고 인생에서 타인과 함께하는 것이 불가능하다.

자기 자신을 사랑해야 자신의 일, 가족, 건강, 친구, 영혼 등과 평생토록 친하게 지낼 수 있다.

삶을 사랑하는 사람

좋은 생각이란 삶을 사랑하는 것입니다.

아무리 괴롭고 힘들어도 모든 길이 막히고 모든 것이 무너지고 부서져도 내게 있는 오늘과 내일을 사랑하고 이것을 소중히 여기며 거기에 내가 할 수 있는 모든 노력을 쏟아붓는 것이 바로 좋은 생각입니다.

출근시간 차들이 지나는 길가에서 김밥과 샌드위치를 파는 분이 있습니다.

이 분을 볼 때마다 이 분의 아픔과 갈등과 다짐이 생각납니다.

김밥 마는 법, 샌드위치 만드는 방법을 어떻게 익혔는지 날씨와 요일에 맞춰 수량은 잘 조절하고 있는지 부끄러움은 걷어냈는지 늘 궁금합니다.

이 분의 얼굴은 달리는 차들이 일으키는 바람에 까칠해졌고 온몸은 먼지로 덮여 있으며 귀는 소음 때문에 멍멍합니다.

그러나 그 모습이 결코 초라하거나 불안해 보이지 않습니다.

이 분의 마음 안에 삶에 대한 깊은 사랑이 있기 때문입니다.

삶을 사랑하는 사람은 언제 어디서나 아름답습니다.

▣ 정용철의 「언제나 그대가 그립습니다」에서

●思索●

　과연 삶을 사랑하는 사람은 언제 어디서나 아름다운 것일까? 여기서 글쓴이는 그렇다고 말하고 있다.

　아무리 괴롭고 힘들어도, 모든 길이 막히고, 모든 것이 무너지고 부서져도 내게 있는 오늘과 내일을 소중히 여기며 모든 노력을 다해야 한다는 것이다. 그것이 곧 삶을 사랑하는 사람의 도리라고 말한다.

　거리에서 추위에 떨며 김밥과 샌드위치를 파는 분들도 삶에 대한 깊은 사랑이 있어 행복하다는 뜻이다.

　이분들은 아픔과 갈등을 어떻게 극복하고 스스로 일어날 수 있도록 다짐을 했는지?

　자신의 일이 힘들고 고단해도 그만의 삶을 사랑하면 그뿐인 것이다. 그래서 이 세상에는 직업의 귀천, 삶의 직적 높낮이가 따로 있을 수 없다.

무르익는 그대 사랑

나 이 사람을 내 안에 둘 수 있도록 허락하여 주소서!

그리고 내가 그 사람의 곁에서 항상 지켜볼 수 있도록 도와주소서!

세상이 갖가지 시련으로 불어 닥친다 해도 나 이 사람에게 커다란 위안일 수 있도록 그래서 나보다 먼저 세상을 등지고 떠나가는 일이 없도록 내게 힘을 주소서!

나 이 사람을 나만큼 소중히 할 수 있도록 배려케 하소서!

그리고 함께하는 것만으로도 내게 힘이 될 수 있도록 도와주소서!

세월이 온통 시뻘건 그을음을 내며 물들어 떨어진다 해도 나 이 사람을 위해서라면 질퍽한 흙탕길도 걸어갈 수 있는 무한한 열정을 내게 주소서!

그래서 나보다 먼저 사랑을 저버리고 떠나는 일이 없도록 더 없는 사랑을 내게 주소서!

나 이 사람을 대함에 있어 처음 그 감정으로 맞이하게 하소서!

그리고 그 감정을 행함에 있어 조금도 거짓이 없도록 도와주소서!

산다는 것에 지치고 또 힘겨울지라도 한 아름 더 내가 이 사람을 감싸줄 수 있도록 아량을 내게 주소서!

그래서 내가 이 사람에게 건네는 사랑이 우리 안에 영원할 수 있도록 끝없는 만남을 주소서!

세월이 흔들어놔도 나이마저 주름진다 해도 내 눈엔 여전히 예전 그대로인 모습, 마치 하얀 새벽 눈길을 거닐던 상쾌한 추억과 만난 듯한 신선한 느낌을 주는 사람.

살아온 날보다 더 오래 전에 알았을 것 같은 그대입니다.

사람 사이는 그런가 봅니다.

좋아해서 긴장되는 사람과 편해서 자신처럼 느껴지는 그렇듯 영혼까지 저려서 세상 멈출 것 같은 사랑이 있다면 언제까지 곁에서 지켜주며 감칠맛 나는 사랑이 있습니다.

그래서 함께 살아갈수록 무르익는 사랑, 오직 그대뿐이라는 것을 새삼 깨닫는 오늘입니다.

▣ **김윤진 시인의 「무르익는 그대 사랑」에서**

●思索●

시인의 그대를 향한 '무르익는 사랑'을 그린 시구가 가슴 절절히 묻어난다.

사랑의 대상이 누구인지, 어느 세대인지 쉽게 가늠할 수 없지만 숭고한 사랑에 대한 갈망은 참으로 지독하게 깊고 아름답다.

하지만 시인이 표현한 시어는 나의 아내에 대한 마음을 그대로 옮긴 듯이 공감한다.

"세상이 갖가지 시련으로 불어 닥친다 해도 나 이 사람에게 커다란 위안일 수 있도록 그래서 나보다 먼저 세상을 등지고 떠나는 일이 없도록 내게 힘을 주소서!"

좋아해서 긴장되고 편해서 자신처럼 느껴지는 사람이란 곧 아내를 뜻한다. 영혼까지 저려서 세상 멈출 것 같은 그런 사랑으로 아내를 늘 곁에서 지켜주는 그런 값진맛 나는 사랑이 어디 있을까.

함께 살아갈수록 무르익는 사랑, 오직 그대 아내뿐이라는 것을 새삼 깨닫는다.

하지만 삶의 운명은 야속하게도 두 부부를 같은 날 같은 시간에 함께 데려가지 않는다. 처음 만날 때 우연히 조우했듯이 헤어질 때도 어느 날 갑자기 불쑥 데려간다.

그러므로 그것을 순순하게 받아들일 수밖에 없다. 그것이 인생이다.

사랑이 깊어진다는 것

사랑이 깊어진다는 것은 저마다 허물이 있을지라도
변함없는 눈빛으로 묵묵히 바라볼 수 있다는 것이다.
사랑이 깊어진다는 것은 애써 말하지 않아도
그 뒷모습 속에서 느껴오는 쓸쓸함조차
단박에 알아볼 수 있다는 것이다.
사랑이 깊어진다는 것은 서로에게 싹트는 찰나의 열정보다
천천히, 아주 천천히 가슴 밑바닥에
흐르는 정을 쌓아간다는 것이다.
사랑이 깊어진다는 것은 누군가에게 그저 원하기보다
먼저 주고 싶다는 배려가 마음속에서 퐁, 퐁, 퐁 샘솟는 것이다.
사랑이 깊어진다는 것은 향긋한 커피 한잔에
감미로운 음악으로도 세상을 몽땅 소유한 것,
마냥 행복해 하며 사소한 이야기를 나눌 수 있다는 것이다.
사랑이 깊어진다는 것은 서로에게 항상 좋은 벗이 되어
세상을 아름다운 눈으로 바라볼 수 있다는 것.
그렇게 함께 늙어갈 수 있다는 것이다.

■ 유인숙의 「사랑이 깊어진다는 것은」에서

●思索●

사랑이란 남녀노소 누구나 느끼는 감정이다. 젊은 연인의 뜨거운 사랑이 있는가 하면 부부와 가족의 숙명적인 사랑도 한 맥락이다.

인간이라면 누구나 허물이 없을 수가 없다. 그러므로 서로 사랑하는 감정을 오래도록 유지하는 것이 그만큼 어렵다.

▲ 무엇보다 사랑이 깊어진다는 것은 물욕에도 흔들리지 않는 마음이다. 된장만큼 진득한 사랑이 또 어디 있을까.

그럼에도 불구하고 그런 사랑하는 이를 변함없이 묵묵히 바라보고, 찰나의 열정보다 천천히 정을 쌓아 가고, 서로에게 항상 좋은 벗이 되어 함께 늙어갈 수 있다면 그 얼마나 행복할까.

무엇보다 사랑이 깊어진다는 것은 물욕에도 흔들리지 않는 마음이 최고가 아닐까? 세상이 각박하고 힘들 때일수록 깊은 사랑을 추구해야 한다.

아름다운 참사랑

아름다운 사랑은 상대가 사랑하기 전에 먼저 사랑하는 것이요, 상대가 거절할 때도 여전히 사랑하는 것이다.

아름다운 사랑은 상대가 미워하여도 상대를 사랑하는 것이요, 상대가 악하게 대하여도 상대를 선대하는 것이다.

아름다운 사랑은 상대를 지배하려는 것이 아니며 상대에게 지배받는 것이고, 상대를 붙잡는 것이 아니며 상대를 고이 보내 주는 것이다.

아름다운 사랑은 상대를 정복하는 것이 아니며 상대에게 정복당해 주는 것이고, 상대에게 요구하는 것이 아니며 상대에게 주는 것이다.

아름다운 사랑은 상대에게 상처 주는 것이 아니라 상처 입는 것이고, 상대를 배신하는 것이 아니라 상대에게 배신당하는 것이다.

아름다운 사랑은 떠나버린 상대를 위해 눈물로 축복해 주고, 떠나버린 상대를 못 잊어 홀로 우는 것이다.

아름다운 사랑은 떠나버린 상대를 못 잊어 통곡하고, 떠났던 상대가 돌아와 줄 때는 지난날의 잘못을 다 용서해 주는 것이다.

아름다운 사랑은 떠났던 상대가 돌아와 줄 때는 반가워 뛰어나가 영접하는 것이며, 자신을 위해 살지 않고 오직 상대만을 위해 사는 것이다.

아름다운 사랑은 상대를 위해 모든 것 자기의 생명까지 내주는 것이 아름다운 사랑이라오.

■ 박명호의 「나무꾼의 시와 노래」에서

●思索●

시인은 엄마와 아빠, 누나와 동생이 서로 사랑하며 살아가는 행복한 가정을 노래한다. 또한 하늘과 땅·우주가 한 가정을 이뤄 행복하게 살아가는 모습을 묘사하고 있다.

하지만 시인의 평범한 아름다운 사랑 노래가 정겨우면서도 너무나 가혹한 느낌이다.

과연 이토록 아름다운 사랑을 할 필요가 있을지 의문이 들 정도이다. 어쩌면 이런 참사랑을 쉽게 목격하지 못한 탓이러라.

도대체 이만큼 헌신적인 사랑이 가능한 것인가. 박명호 시인의 아름다운 사랑은 그래서 처절하리만치 이율배반적이고 방어적이기까지 하다.

상대에게 먼저, 여전히, 선하게, 지배받고, 고이 보내주고, 정복당해 주고, 상처를 입고, 배신당하고, 홀로 울고, 잘못을 용서해 주고, 생명까지 내주는 것이 사랑이라는 데 어찌 무슨 말이 더 필요할까.

그렇다면 혹여 이 세상에는 영원히 살아남을 만한 사랑이 없지 않을까? 괜한 사랑의 질투가 피어난다.

사랑이라는 이름의 씨앗 하나

사람의 인연은 참으로 기이하더이다.

전혀 생각지도 않았던 고운 인연들. 각양각색의 빛깔로 소리 없이 다가와 내 곁에 머물러 있을 때 살포시 미소 지어봅니다.

사랑이라는 이름의 씨앗 하나.

내 마음이 메마를 때면 나는 늘 남을 보았습니다.

남이 나를 메마르게 하는 줄 알았기 때문입니다.

그러나 이제 보니 메마르고 차가운 것은 남 때문이 아니라 내 속에 사랑이 없었기 때문입니다.

내 마음이 불안할 때면 나는 늘 남을 보았습니다.

남이 나를 불안하게 하는 줄 알았기 때문입니다.

그러나 이제 보니 내가 불안하고 답답한 것은 남 때문이 아니라 내 속에 사랑이 없었기 때문입니다.

내 마음이 외로울 때면 나는 늘 남을 보았습니다.

남이 나를 버리는 줄 알았기 때문입니다.

그러나 이제 보니 내가 외롭고 허전한 것은 남 때문이 아니라 내 속에 사랑이 없었기 때문입니다.

내 마음에 불평이 쌓일 때면 나는 늘 남을 보았습니다.

남이 나를 불만스럽게 하는 줄 알았기 때문입니다.

그러나 이제 보니 나에게 쌓이는 불평과 불만은 남 때문이 아니라 내 속에 사랑이 없었기 때문입니다.

　내 마음에 기쁨이 없을 때는 나는 늘 남을 보았습니다.

　남이 내 기쁨을 빼앗아 가는 줄 알았기 때문입니다.

　내 마음에서 희망이 사라질 때면 나는 늘 남을 보았습니다.

　남이 나를 낙심시키는 줄 알았기 때문입니다.

　그러나 이제 보니 내가 낙심하고 좌절하는 것은 남 때문이 아니라 내 속에 사랑이 없었기 때문입니다.

　나에게 일어나는 모든 부정적인 일들이 남 때문이 아니라 내 마음에 사랑이 없었기 때문이라는 것을 알게 된 오늘 나는 내 마음 밭에 사랑이라는 이름의 씨앗 하나를 떨어뜨려 봅니다.

　　　　　　　　■ 이해인 수녀의 「내 마음이 메마를 때면」에서

▲ 오늘 나는 내 마음 밭에 사랑이라는 이름의 씨앗 하나를 떨어뜨려 본다.

● 思索 ●

자연과 삶의 따뜻한 모습, 수도사로서의 바람 등을 서정적으로 노래하는 시인의 사랑에 대한 감정이 잘 드러난 작품이다.

시인은 사람의 인연이란 참으로 기이하고 고운 인연을 만들어 내며 '사랑'이라는 이름의 씨앗 하나를 심어준다고 말한다.

시인은 마음이 메마르고, 외롭고, 불평에 쌓이고, 기쁨과 희망이 사라질 때마다 남을 탓했다.

그런데 그 원인은 알고 보니 자신의 속에 사랑이 없었기 때문이라고 고백한다.

하지만 시인은 그 사실을 알고 자신의 마음 밭에 '사랑'이라는 씨앗을 하나 떨어뜨림으로써 '사람=삶=사랑'의 오묘한 삼각관계를 설파한다.

'사람'의 각진 'ㅁ'을 'ㅇ'으로 둥글게 갈고닦아야 사랑이 되는 것이 아닐까?

당신의 꾸밈없는 모습을 사랑하는 사람

친해지고 싶은 사람이 있으면 당신이 먼저 손을 내미세요.
괜한 자격지심으로 먼저 등 돌리지 마세요.
사랑하는 연인, 소중한 친구를 얻고 싶다면 자신의 상처받은 마음까지도 아낌없이 내어 보이세요.
결코 부끄러운 일도 자존심이 다치는 일이 아니랍니다.
그런 당신의 진솔함을 듣게 된 상대방은 깊은 신뢰와 사랑으로 당신을 대하게 될 겁니다.
내가 마음을 열어 보이는 만큼 상대방도 마음을 열어 보인다는 것을 잊지 마세요.
상대방의 닫힌 마음을 열려고 하기 전에 자신의 닫힌 마음을 먼저 열어 보세요.
그렇게 당신과 눈을 맞추게 된 친구, 연인은 당신이 힘들어질 때 곁에 있어 주는 좋은 인연으로 남게 될 겁니다.
때로는 자신의 좋은 모습만을 애써 보이려 노력하는 사람들이 있습니다.
하지만 그건 자신이 먼저 지쳐 가는 일이 아닌가 하는 생각을 합니다.
누군가를 만날 때 늘 자신을 예쁘게 포장하는 일처럼 부담스러운 일도 없을 테니까요.

당신의 꾸밈없는 모습을 사랑하는 친구, 연인이 진실로 당신을
사랑하는 사람이 아닐까요?

■ 유미성의 「이 세상에 단 하나뿐인 당신이기에」서

▲ 자연의 풍경이 아름다운 이유는 정직하기 때문이다. 그래서 꾸밈없는 모습이 아름답다.

●思索●

이 세상에 정직한 것만큼 소중한 소통은 없다. 미국의 에이브
러햄 링컨 대통령은 '정직한 에이브'라는 별명을 가졌다.

어린 링컨은 이웃집에 이사 온 변호사 아저씨 집에서 열심히
이삿짐을 옮겨준 후고 보고 싶은 책을 빌렸다.

하지만 책을 창가에 놓아두고 잠시 잠들었는데 그만 비가 내려
흠뻑 젖어 버렸다. 링컨은 책을 가지고 찾아가 사실대로 이야기
해 오히려 꾸중 대신 칭찬을 받았다.

'정직이 최선의 정책이다'는 서구의 속담 위에 칸트는 한 술 더 떠서 "정직은 어떤 정책보다 우선이다"고 말했다.

인간사에서 상호간에 신뢰를 유지하는 첫째 조건은 정직이다. 정직하지 못한 만남에서 신뢰가 구축되기는 어렵다.

그러므로 사랑하는 연인, 소중한 친구를 얻고 싶다면 자신의 상처받은 마음까지 온 속내를 아낌없이 내보여야 한다.

당신의 꾸밈없는 모습이 최선의 사랑을 가져오는 법이다.

그러므로 친해지고 싶은 사람이 있으면 당신이 먼저 손을 내밀어 보라.

괜한 자격지심으로 먼저 등을 돌리지 마라.

아버지의 눈물

세상에서 가장 든든한 '아버지' 천하무적 아버지라도 자식 앞에 서는 유리잔입니다.

풍족해진 세월 뒤, 아버지의 웃음은 더 가난해졌습니다.

등 굽힌 그 동안의 짐들.

아직도 자식이라는 짐을 내려놓지 못해 막걸리 잔에 울컥하시는 아버지.

자식이 나이가 들어도 아버지에겐 마냥 어린애인가 봅니다.

혹여 늦는 날이면 골목길 가로등 아래에서 밤이슬 맞던 그림자 는 아버지였습니다.

괜찮다 하시지만 곤한 코골음 소리로 그 속을 보이시던 아버지.

곁에 계셔도 그립고, 멀리 계셔서 아닙니다.

찬바람 호호 손을 불어 주시던 커다란 아버지의 손.

이제는 품에 안길 만큼 작아진 아버지.

참 보고 싶습니다.

부모가 되어도 그 마음을 헤아리지 못하는 철부지 눈에 그리움 이 샘솟습니다.

▣「따뜻한 하루」에서 보내온 글

당신도 혹시 어릴 적 기억 속에서 어렴풋이 남아 있는 그 시절, 집으로 돌아오던 아버지의 초췌한 얼굴을 본 적이 있는가?

▲ 세상에서 가장 든든한 천하무적 아버지라도 자식 앞에서는 유리잔이다.

하지만 5~6살 때 나는 그저 아버지가 가져온 먹거리에만 관심을 보였을 뿐이다. 피곤에 찌든 아버지의 얼굴을 알 턱이 없다. 아버지란 으레 자식을 먹여 살리는 머슴살이 정도로 생각했다.

아버지는 내게 언제나 그렇게 큰 산처럼 버티며 날 지켜주고 안아주는 큰 울타리였다.

아버지들은 왜 초라하게 살아왔는지 이제야 이해가 된다. 조금은 이기적으로 살아도 됐을 텐데 왜 그렇게 희생이란 굴레 안에 자신을 가둬놓고 살아왔는지 알 것 같다.

지금도 그 옛날 아버지를 생각하면 가슴이 저려온다.

아버지

　우리 집엔 자정이 다 되어서야 들어오는 머슴 하나 있습니다.
　그는 자기를 무척 닮은 아이들의 잠자리를 살펴주고는 지친 몸을 방바닥에 부립니다.
　아침. 그는 덜 깬 눈을 부비며 우리 형제를 학교라는 곳까지 데려다 주고 허름한 지갑 속에서 몇 장 안 되는 구겨진 종이돈을 살점처럼 떼어 줍니다.
　그리곤 그는 일자리로 가서 개미처럼 밥알을 모으기 위해 땀을 흘립니다.
　그러기를 20여년.
　지칠 때도 되었는데, 이제는 힘 부칠 때도 되었는데, 오늘도 그는 작은 체구에 축 쳐진 어깰 툭툭 털고는 우리에게 주름진 웃음을 보이지만.
　머슴 생활 너무 힘겹고 서러울 때 우리에게 이따금씩 들키는 눈물방울.
　그 속에 파들파들 별처럼 떨고 있는 남은 가족의 눈물방울들.
　그 머슴을 우리는 아버지라 부릅니다.
　아버지!

■ 김용욱 학생의 시 「아버지」에서

아버지를 머슴으로 표현한 이 시는 1999년 전북 교육감상을 받은 전주시 신흥고 2학년 김용욱 학생의 작품이다.

이 시가 중년 네티즌에 회자되는 까닭은 가장으로 집안의 경제를 책임지는 아버지의 처지가 2000년 전후 IMF 환란 이후 최악으로 치닫는 당시와 별다름이 없는 머슴 격이라는 데 공감대가 통한 것으로 풀이된다.

아버지는 집주인의 부림을 받으며 경제적으로 노예와 다름없는 '머슴'일 수밖에 없었다. 병처럼 떨고 있는 가족의 눈방울을 생각하며 일자리에서 머슴처럼 20여년을 보낸 우리 아버지를 위로하고 있다. 아, 지금은 볼 수가 없는 그 아버지가 무척 그립다.

"부모의 사랑은 내려갈 뿐이고 올라오는 법이 없다. 즉 사랑이란 내리 사랑이므로 자식에 대한 부모의 사랑은 자식의 부모에 대한 사랑을 능가한다"고 말한 엘베시우스의 격언을 되새겨본다.

▲ 꿰매 신은 아버지의 검정 고무신이 눈물겹다.

사랑은 강한 중독성을 띠고 있다

사람을 사랑하면 그 사람의 모든 것을 소유하고 싶어지는 광기마저 생겨나게 만드는 것이 사랑이다.

그런 과정에서 그를 가두고 구속하고 오직 나만의 것으로 소유하려는 못난 버릇이 하나 둘씩 생겨나기도 한다.

그 이유는 사랑하는 사람이 자신의 곁을 떠나는 일이 생기지 않을까 하는 두려움 때문이다.

하지만 미리 앞서서 이별을 두려워해 사랑하는 사람을 구속하는 그 방법이 오히려 이별의 불씨가 되기 쉽다.

이별하지 않기를 바라는 마음이 삐뚤어진 방식으로 상대방을 구속하면서, 결국에는 이별을 재촉하게 만드는 일이 되어 버리는 것이다.

소유가 아닌 빈 가슴으로 사랑하기를, 소유함으로써 채워지는 가슴이 아니라 내어줌으로써 비워지는 가슴, 그 가슴에 사랑은 더 아름답고 애절한 로맨스로 다가온다.

세상에 다시없는 아름다운 사랑도, 소유라는 욕망으로 인해 녹슬게 된다.

▣ 박성철의 「사랑하는 사람이 생겼습니다」에서

●思索●

　사랑하는 사람들이 서로 만나고 부딪치다 보면 아무도 모르는 사이에 서로에게 중독되어 간다.

　영적으로 둔감한 사람들이 자신도 모르게 쥐에 중독되는 것처럼 좋아하는 사람에게도 자연 빠져들 수밖에 없다.

　'사랑 중독'은 사랑의 열병을 앓고 있는 인간들의 병적 증세이다. 사랑이 없으면 외롭고 사랑하면 중독되어 마음 아파하며 살아가는 것이 인생이다.

　그래도 그 중독이 두려워 비겁하게 사는 것보다 차라리 흠뻑 중독되어 사랑하며 살아가는 것이 보다 더 인간적이다.

　세상에 다시없는 사랑도 결국 소유하고 싶은 욕망으로 인해 녹슬고 만다. 물론 사랑에 녹이 슬면 서서히 퇴색되게 마련이다. 그 이후는 두 사람의 몫이다.

우리는 작은 사랑으로도 행복하다

우리는 작은 사랑으로도 행복을 느낄 수 있다.

세상은 사랑으로 넘쳐난다. 드라마도 영화도 연극도 시와 소설도 음악도 모두 사랑을 주제로 하고 있다.

사랑이 크고 떠들썩하다고 행복한 것은 아니다. 꽃이 크다고 다 아름답지는 않다. 작은 꽃들도 눈부시게 아름답다.

우리는 거창한 사랑보다 작은 사랑 때문에 행복할 수 있다.

한 마디의 말, 진실한 눈빛으로 다가오는 따뜻한 시선을 만날 때, 반갑게 잡아주는 정겨운 손, 좋은 날을 기억해주는 작은 선물, 몸이 아플 때 위로해주는 전화 한 통, 기도해 주는 사랑의 마음, 모두 작게만 느껴질 수도 있지만 그 작은 일들이 우리를 행복하게 만들어 준다.

수많은 사람들에게 우리 마음에서 우러나오는 작은 사랑을 나눈다면 행복과 사랑을 나누어 주는 멋진 사람이 될 것이다.

■ 용혜원의 「사랑하니까」에서

●思索●

요즘 대부분의 드라마는 '상처 치유에 가장 강력한 백신은 사랑'이란 주제로 전개된다. 사랑이 빠지면 드라마 극중 스토리가 진행될 수 없다.

그뿐 아니라 영화, 연극, 음악, 시, 소설 등 모든 문화 장르가 사랑을 주제로 하고 있다.

사랑은 참으로 신비한 영물이니까 그럴 수밖에 없을 것이다. 사랑하고 싶다고 해서 으레 이뤄지는 것도 아니고, 멋있는 사람이 있다고 해서 자동으로 사랑하는 것도 아니다.

물질적으로, 마음으로 잘해 준다고 해서 진정 사랑하는 것도 아니다. 일시적으로 감사와 고마움, 정은 들 수 있어도 그 어떤 근본적인 사랑의 감정은 아무에게나 느끼는 것이 아니다.

사랑은 아름답다. 그러나 사랑은 언젠가 의식 속에 무너지는 모래성처럼 허무하기 때문에 위대함을 요구한다.

그래서 거창한 사랑보다 작은 사랑 때문에 느끼는 행복값이 더 큰 것일까.

맑고 넉넉한 사랑

나를 위해 사랑을 하지는 마세요. 내가 기쁘기 위해 상대를 사랑하지는 말고요. 대신에 상대를 기쁘게 하기 위해 나를 내바치는 사랑을 하세요. 나를 위한 사랑은 사랑이 아니라 애욕이고 집착일 뿐.

'내 사랑', '내 사람'이 되어야 그것만이 사랑인 줄 알지만, 사랑이 소유가 되면 사랑 그 자체의 맑음을 잃어버리게 됩니다.

소유하기 위해 사랑하지 마세요. 자유를 위해 사랑해야 합니다. 참된 사랑은 소유나 집착이 되어선 안 되지요. 그냥 상대가 기쁘면 그것으로 나의 사랑은 이루어진 것입니다.

설령 먼 훗날 헤어진 인연이 되었을 때라도 상대를 위한 이별이라면 기쁘게 받아들일 만큼 그런 지혜로운 사랑을 했으면 하고 바랍니다.

사랑은 이루어지고 이루어지지 않음이 아닙니다. 그냥 이렇게 느끼고 있음입니다. 사랑은 그저 느끼는 것이지 그 느낌을 가지려 하면 벌써 저만치 멀어져 가게 마련입니다.

온전한 사랑은 사랑으로 인해 괴로울 일이 없어야 합니다.

사랑하면서 이별의 괴로움을 질투의 쓰라림을 그 깊은 너머에 간직하지는 마세요.

사랑. 그 반대의 경우는 그냥 맑게 비워 두고 온전히 사랑만 하기로 하세요. 앞으로라도 괴로울 일 없는 그런 맑은 사랑을 하세요.

언젠가 이별의 순간이 오더라도 사랑했음에 행복했노라고 미소 지을 수 있을 그런 맑고 넉넉한 사랑을 하세요.

■ 법상 스님의 「날마다 새롭게 일어나라」에서

◐思索◑

우리는 우스갯소리로 연애와 결혼 이후를 곧잘 비교한다. 결혼은 곧 소유의 완성을 의미하기 때문이다. 연인은 완전한 결합 이전까지 서로를 갖기 위해 노력하다가 소유되면 시들해진다.

강태공이 물고기를 잡기 위해 미끼를 써 막상 잡으면 떡밥을 더 이상 주지 않는 이치와 같다.

그래서 결혼 이후 어쩔 수 없이 불행한 삶을 살다가 이혼으로 치닫는 경우가 많다. 물론 다 그런 것은 아니지만 부부도 인간인 이상 어쩔 수 없다. 소유를 위한 사랑은 그만큼 어렵다.

그러면 도대체 어떻게 사랑해야 제대로 사랑하는 것일까? 흔히 말한다. 참아야 한다. 희생해야 한다. 기다림을 즐겨야 한다. 받지 말고 줘야 한다. 바보가 돼야 한다. 맹목적이어야 한다.

바보같이 주고 버리고 희생하는데도 기쁜 것이 사랑이다. 그러나 두 사람의 손익을 계산하면 그것은 사랑이 아니다.

누군가를 사랑한다는 것과 소유한다는 것과 엄청난 차이가 있다. 사랑의 본질은 증오이고 소유의 본질은 고통이다.

실망하지 않는 우정에서 진정한 우정을 보듯이 결코 친해받지 않는 사랑에서 참된 사랑을 본다.

70 말은 입술의 열매이다

사랑이 있는 풍경

사랑이 있는 풍경은 언제나 아름답다. 하지만 아름다운 사랑이라고 해서 언제나 행복하기만 한 것은 아니다.

그 사랑이 눈부실 정도로 아름다운 만큼 가슴시릴 정도로 슬픈 것일 수도 있다. 사랑은 행복과 슬픔이라는 두 가지의 얼굴을 하고 있는 것이다. 그러나 행복과 슬픔이 서로 다른 것은 아니다.

▲ 사랑은 행복과 슬픔이라는 두 가지의 얼굴을 하고 있다. 강아지와 고양이의 사랑이란?.

때로는 너무나 행복해서 저절로 눈물이 흐를 때도 있고 때로는 슬픔 속에서 행복에 잠기는 순간도 있다.

행복한 사랑과 슬픈 사랑, 참으로 대조적인 것처럼 보이지만 그

둘이 하나일 수 있다는 것은 오직 사랑만이 가질 수 있는 기적이다.

행복하지만 슬픈 사랑 혹은 슬프지만 행복한 사랑이 만들어 가는 풍경은 너무나 아름답다.

그렇기 때문에 우리는 서로 사랑하면서 잠을 이루지 못하는 불면의 밤을 보내는 것이다.

사랑이란 내가 베푸는 만큼 돌려받는 것이다. 깊은 사랑을 받을 수 있는 유일한 방법은 자기가 가진 모든 것을 기꺼이 바치는 일이다.

내가 가지고 있는 모든 것을 다 내 주었지만 그 대가로 아무것도 되돌려 받지 못하는 경우도 있다.

그렇다고 해서 사랑을 원망하거나 후회할 수는 없다.

진정한 사랑은 대가를 바라지 않는다.

나는 사랑으로 완성되고, 사랑은 나로 인해 완성된다.

■ 생텍쥐페리의 「사랑이 있는 풍경」에서

●思索●

「어린 왕자」로 유명한 생텍쥐페리가 "아름다운 사랑이라고 해서 언제나 행복한 것은 아니다"고 냉철한 반어법적 사랑 개론을 논한 데 새삼 놀라움을 금할 수 없다.

마냥 '어린 왕자'식의 환몽적인 사랑 이야기나 할 줄 알았는데 뒤통수를 한 대 맞은 기분이다.

1943년 완성한 「어린 왕자」는 시적이고 환상적인 이야기 속에 깊은 인간 관찰과 생의 철학이 담긴 아름다운 동화이다.

그러나 그는 같은 해 연합군 반격 작전에 참가하기 위해 북아프리카로 가서 정찰 비행기를 탄 이후 실종됐다.

그 해 11월 3일 조종사이며 위대한 행동주의 작가였던 생텍쥐페리는 군대 명부에 사망자로 기록됐다. 그때 그의 나이는 겨우 44세였다.

그는 깊은 사랑을 받기 위한 유일한 방법으로 자기가 가진 모든 것, 즉 목숨까지 기꺼이 바친 것이 아닐까?

▲ 진정한 사랑은 대가를 바라지 않는다.

생텍쥐페리는 "진정한 사랑은 대가를 바라지 않는다. 나는 사랑으로 완성되고, 사랑은 나로 인해 완성된다"고 말했다.

그렇다면?

나를 미소 짓게 한 당신

당신을 사랑합니다.

내가 당신을 사랑하는 것은 사는 것이 힘들어서 힘을 얻어야 했던 게 아니고 영혼이 피곤해서 쉬어야 했던 게 아니었습니다.

당신은 당신을 떠올리면 미소 짓게 해주었습니다.

당신은 당신이 그런 적 없다고 할지 모르지만….

당신은 내 삶 속 어디에도 없었던, 내가 살면서 어렴풋이 동경하던, 글의 표현뿐이 아니고 말하는 모습과 몸짓, 맑은 미소까지….

당신의 어떤 것을 생각해도 미소 짓게 해 주었습니다.

그런 당신을 사랑합니다. 이 세상에 살면서 모습만 떠올리고 미소 지을 수 있는 사람이 몇이나 될까요.

당신은 그런 사람입니다. 나에게만은….

나도 당신에게 그런 사람이었으면 좋겠습니다.

그래서 내가 당신만 생각하면 피곤함도 잃어버리고 미소를 머금을 수 있는 것처럼.

당신도 나를 생각함으로 인해 살면서 지칠 때마다 미소 지을 수 있고 위로받을 수 있었으면 좋겠습니다.

꼭, 그랬으면 좋겠습니다. 오늘도 당신을 많이 생각했습니다.

당신을 생각만 해도 미소 지을 수 있으므로.

▣ 정채봉의 「그대 뒷모습」에서

●思索●

정채봉 시인은 '사랑'에 관한 한 타의 추종을 불허하는 섬세한 시어를 능수능란하게 구사한다.

이 작품에서는 '나를 미소 짓게 한 당신'을 그리워하는 지고지순한 사랑을 그리고 있다. 그만큼 사랑에 대한 믿음이 강렬하다.

시인의 '사랑을 위하여'란 시는 "사랑에도 암균이 있다. 그것은 '의심'이다. 사랑에도 항암제가 있다. 그것은 오직 '믿음'이다"고 표현해 마력적인 시구로 감탄사가 절로 나오게 한다.

사람이 사람을 믿고 의심하는 것은 사람의 마음이 양면성을 띤 탓이다. 믿지 못하는 일은 마음이 흔들리는 데서 비롯된다.

흔들리지 않는 마음을 간직하려면 스스로 고요한 깊은 신뢰를 항상 지녀야 한다. 그래서 쉽지 않은 것이다.

누군가 생각만 해도 미소 지을 수 있다면 얼마나 행복할까?

베푸는 사랑

살아가면서 우리는 사랑을 받기도 하고 사랑을 주기도 합니다.

그리고 사랑을 받으면 무척이나 즐겁고 좋아집니다.

하지만 그 사랑은 기쁨이면서 한편으로 마음엔 부담이 쌓입니다.

그런 마음이 없다면 우리는 이미 너무 이기적인 마음의 상태입니다.

그러나 사랑을 주면 받는 것보다 더 기쁘고 후련합니다.

사랑을 주기란 처음에는 나만 손해 보는 것 같고 망설여지지만, 그 사랑을 주고 나면 마음에 평화가 오고 마치 위대한 일이라도 한 것처럼 기쁘고 뿌듯해집니다.

사랑은 주는 만큼 여유로워지고 평화로워집니다.

사랑은 주는 만큼 나를 더 커지게 하고 풍요롭게 합니다.

내가 이 사람에게 주는 사랑은 이 사람에게서 되돌려 받을 수도 있지만 되돌려 받지 못하는 경우가 더 많습니다.

주는 사람은 그 사랑을 주는 조건이 자꾸 생기지만 받는 사람은 늘 받는 위치에 있는 경우가 더 많습니다.

하지만 이 사람에게 그 사랑을 자꾸만 주면 우리는 그 사랑을 다른 사람으로부터 훨씬 더 큰사랑으로 되돌려 받게 됩니다.

사랑은 되돌려 받기 위해 주는 것이 아니라 그냥 주는 기쁨으로 주면 됩니다.

그러면 주는 사람은 마음에도, 몸에도 풍요로운 삶을 살게 됩니다.

행복은 사랑을 주는 사람에게 마련된 아름다운 선물입니다.

■ 월간 「좋은 생각」에서

●思索●

사랑을 베푸는 데는 끝도 없고 한계도 없다. 사랑의 본성은 무한하고 영원하며 대가를 바라지 않는 것이다.

지나는 걸인이나 어려운 이에게 한 끼 밥을 대접하고 동전 몇 닢을 놓고 가는 것이 사랑의 실천이라고 생각할 수도 있다.

그러나 한 끼가 아닌 다음 끼니까지 걱정해 주는 마음이 진짜 베푸는 사랑이다.

한 번의 어려움을 베풀면서 생색내는 것과 그 모습이 다르다. 과연 어떤 사랑이 위대한 사랑이고 진정한 사랑인지 깨달아야 할 것이다. 세상에는 아낌없이 베푸는 사랑만 있는 것은 아니다. 절제가 필요하고, 기다려야 하며, 지켜줘야 할 때가 있다.

그럼에도 불구하고 한쪽만 일방적으로 주는 사랑, 또 그렇게 맺어지는 관계가 바람직하고 진정한 사랑인지 의아하다.

비록 대가를 바라고 하는 사랑은 안 되지만 일방통행 사랑도 바람직하지 않다. 사랑은 쌍방향으로 서로 표현해야 진정 아름다운 것이 아닐까?

■■■■■■■■■■■■■■■■■■■■■■■■■ ☼ ■■■■■■■■■■■■■■■■■■■■■■■■

서로 사랑하십시오

우리 안의 벽, 우리 밖의 벽, 그 벽을 그토록 허물고 싶어 하던
당신.

당신이 그토록 사랑했던 이 땅엔 아직도 싸움과 폭력, 미움이
가득 차 있건만⋯.

봄이 오는 이 대지에 속삭이는 당신의 귓속말.

"사랑 있는 것은 다 행복해라."

"사랑하고, 또 사랑하라."

"그리고 용서하라."

　　　　　■ 법정 스님의 「김수환 추기경을 떠나보내며」에서

　●思索●

종교지도자로 이 시대의 큰 스승이었던 김수환 추기경과 법정
스님은 서로 '차이'가 있었다.

우선 두 사람은 천주교와 불교로 종교가 달랐고, 나이는 김 추
기경이 10세나 많았다. 고향도 영호남으로 달랐고, 정치적 견해
차도 있었다고 한다.

그런에도 불구하고 두 사람은 길동무처럼 오랜 세월 교감하며

각별한 인연을 쌓아왔다. 이런 친교는 종교의 벽을 허무는 마중물 역할을 했다.

김수환 추기경은 법정 스님이 1997년 12월 길상사 개원법회를 열 때 이례적으로 이 자리에 참석해 축사를 했다.

법정 스님은 이에 대한 보답으로 그해 성탄절 때 평화신문에 성탄 메시지를 기고했다. 다시 이듬해에는 명동성당에서 특별강론도 했다.

2009년 봄, 폐암과 싸우고 있었던 법정 스님은 김 추기경이 선종하자 한 매체에 '사랑은 끝나지 않았다'는 제하의 추모사를 올렸다.

스님은 추모사에서 "가슴이 먹먹하고 망연자실해졌다"며 "지금 김수환 추기경님은 우리 곁을 떠나셨지만 우리들 마음속에서는 오래도록 살아 계실 것이다. 위대한 존재는 결코 사라지지 않는다"며 추모의 마음을 표했다.

반대로 스님이 먼저 입적했다면 아마 김 추기경이 이와 비슷한 추모사를 쓰지 않았을까.

요즘 세상이 어수선한 것도 혹여 이 두 분이 떠난 탓이 아닐까?

우렁이의 사랑법

우렁이는 알이 깨어나면 자신의 살을 먹여 새끼를 기릅니다.

새끼는 어미 우렁이의 살을 파먹고 자라나고 혼자 움직일 수 있을 때쯤이면 어미 우렁이는 살이 모두 없어져 껍질만 남아 물 위에 둥둥 뜨게 됩니다.

그렇게 떠오른 껍질만 남은 우렁이는 흐르는 물살에 아무 말 없이 떠내려갑니다.

늘 주기만 했던 자신의 사랑을 한 번도 탓하지 아니한 채….

사랑은 어쩌면 받아서 내가 살찌는 그런 일이 아닐지 모릅니다.

당신의 삶에 영양분이 되어 주는, 그렇게 끊임없이 주고 있음에도 늘 더 주지 못함을 안타까워하는 눈물겨움, 그런 사랑이야말로 진실로 아름다운 사랑 아니겠습니까?

사랑을 표현하는 방법이야 한두 가지가 아닐 테지만 그에게 내가 가진 모든 것을 아낌없이 주는 것.

끊임없이 주고 있으면서도 자신이 주고 있다는 사실조차도 깡그리 잊게 되는 것.

그것이야말로 당신이 가진 사랑의 최상의 표현이 아닐 수 없습니다.

▣ 박성철의 「그저 바라볼 수만 있어도」에서

●思索●

우렁이 어미의 헌신적인 사랑을 보면서 우리 인간도 매한가지가 아닐까 생각해본다. 동물의 어미와 사람의 어머니란 단어가 비슷하듯이….

나에게 어머니는 어떤 존재일까?

나는 어머니에게 어떤 존재일가?

무슨 이유로, 왜 한없이 나에게 퍼주시기만 할까?

사실 그런 생각을 할 만큼 철이 들 때면 이미 그 어머니는 이 세상에 없다. 어머니들이란 자식들이 제대로 그 은혜를 인식할 무렵이면 서둘러 떠나 버린다.

사실 자식들은 어머니한테 항상 못되게만 굴고, 무작정 받아주기만 원한다. 그래도 어머니들은 그럴 때마다 다 이해하고 참아준다. 그저 물질적으로 정신적으로 아낌없이 지원해 줄 뿐이다.

청춘은 아주 짧은 순간에 지나간다. 유행가 가사에도 "있을 때 잘해"라는 문구가 있다. 이것은 효에서 비롯된 말이다.

어머니의 잔소리는 약이 되고 삶이 되는 멀거름이다. 자녀들은 그런 것이 짜증난다고 투덜거리지만 시간이 지나고 나면 오히려 그리워진다.

어른을 공경하는 효(孝)는 아름다운 사회를 만드는 에너지다. 무한 경쟁사회에서 살아남기 위해 전쟁을 벌이는데 효가 무슨 필요냐고 말할 수 있다. 그러나 효는 가정과 자신을 지켜주며 사회의 근본을 바로 잡아주는 기둥과 같은 것이다.

인생의 주제는 사랑이다

모든 교향곡에는 테마가 있습니다.

모든 그림과 조각에도 테마가 있고, 소설과 희곡에도 테마가 있습니다.

그렇다면 인간의 삶의 테마는 무엇이라고 생각하십니까?

한평생 두고 생각할 문제라고 여겨지지만 사람은 살다가 문득 그 주제가 떠올라 깨닫게 되기도 하고, 때로는 어떤 충격적인 일을 겪으면서 주제를 파악하는 경우도 있습니다.

애인이 변심하거나, 믿었던 친구가 배신하거나, 사업이 왕창 망하거나 하는 일이 벌어지면 인간은 어쩔 수 없이 자기반성을 하면서 몸부림치다가 진정한 삶의 테마를 발견하게 되는 경우가 많습니다.

나는 90을 바라보는 이 나이가 되기까지 오래 살면서 산전수전을 다 겪었습니다. 그러므로 인생을 두고 한마디 할 수 있는 자격은 갖추었다고 믿습니다.

인생의 주제가 돈인 줄 잘못 알고 있는 사람들이 많다는 것은 슬픈 일이고 불행한 일입니다. 사람을 위해 돈이 필요한 것이므로 인류 역사의 어느 때에도 사람이 돈을 위해 살아서 잘된 일은 없습니다.

그럼 '이름'입니까?

명예가 소중한 것이지만 대통령이 되기 위해 산다는 것은 지극히 위험하고도 잘못된 처신입니다.

인생의 주제가 사랑이라는 것은 한 50대에 깨달았지만 때가 늦은 감이 있었습니다. 역사의 주제가 '자유'라면 인생의 주제는 '사랑'입니다.

그 사실을 진작 깨달았으면 나의 삶도 훨씬 보람 있는 것이 되었을 것입니다.

▣ **김동길 박사의 글에서**

●思索●

김동길 교수는 인생의 주제가 '사랑'이었다는 것을 나이 50에 비로소 알았다고 한다.

나이 90을 바라보지만 아직껏 결혼하지 않은 노총각이기도 하다. 물론 그럴 만한 이유가 있을 터이다. 언젠가 그에 대해 고백한 적이 있지만 이제는 다 소용없는 옛날 추억일 뿐이다.

사랑이란 '살다'에서 비롯된 단어로 사람, 삶 등 같은 줄기에서 파생된 것이다. 우리 한글뿐만 아니라 모든 세계어는 그런 식으로 생성됐다.

'고질병'에 점 하나 찍으면 '고칠 병'이 되므로 점 하나는 그렇게 중요하다.

'마음 심(心)'자에 신념의 막대기를 꽂으면 '반드시 필(必)'자가 된다.

'불가능'이라는 뜻의 'Impossible'이라는 단어에 점 하나를 찍으면 'I'm possible'로 '가능하다'는 뜻으로 변한다.

부정적인 것에 긍정의 점을 찍었더니 불가능한 것도 가능해진

셈이다.

'빛'이라는 글자에 점 하나를 찍어보면 '빚'이 된다. 마음의 빚이 마음의 빛이 되면 얼마나 좋을까.

다 생각하기 나름이다.

'Dream is nowhere(꿈은 어느 곳에도 없다)'를 띄어쓰기하면 'Dream is now here(꿈은 바로 여기에 있다)'로 바뀐다.

부정적인 것에 긍정의 점을 찍으면 절망이 희망으로 변모한다.

그렇다. 불가능한 것도 한순간 마음을 바꾸면 모든 것이 가능해진다.

절망적인 전쟁의 폐허에서 일궈낸 독일의 라인강 기적과 한국의 한강 기적은 바로 고질병을 고칠 병으로 바꾼 노력의 소산이다.

처음 한글을 배운 할머니들의 시

사랑

눈만 뜨면 애기 업고 밭에 가고
소 풀 베고 나무하러 가고
새끼 꼬고 밤에는 호롱불 쓰고
밥 먹고 자고
새벽에 일어나 아침하고
사랑받을 시간이 없더라.

▲ 평생 동안 일만 하면서 살아 허리가 굽은 할머니의 뒷모습이 애잔하다.

내 기분

이웃집 할망구가
가방 들고 학교 간다고 놀린다.
지는 이름도 못쓰면서
나는 이름도 쓸 줄 알고
버스도 안 물어 보고 탄다.
이 기분 니는 모르제?

아들

나한테 태어나서 고생이 많았지
돈이 없으니까
집도 못 사주니까
다른데 마음 쓰느냐고
너를 엄청 많이 때렸다.
화풀이해서 미안하다.

엄마는
마음이 너무 아프다.
용서해 다오.
저 세상에서는 부자로 만나자.
사랑한다.
또
이 말밖에 줄 것이 없다.

어머니

어머니 생각하면 가슴이 무너진다.
오남매 키우시느라
좋은 옷 한번 못 입으시고
좋은 음식도 못 잡수시고
멀고 먼 황천길을 떠나셨다.
좋은 옷 입어도 어머니 생각
좋은 음식 먹어도 어머니 생각
눈물이 앞을 가려 필을 놓았다.

●思索●

처음 한글을 배운 할머니들의 순수한 시가 오히려 빛난다. 할머니들의 진솔한 삶이 시에 녹아 있어 가슴이 찡하다.

「사랑」이란 시는 자못 '사랑받을 시간이 없더라'는 야릇한 표현으로 애정 선을 건드린다. 오히려 절제된 시어로 애틋한 부부애가 오롯이 피어난다.

눈만 뜨면 밭에 나가고, 소꼴 베고, 나무 하고, 새끼 꼬고, 새벽에 일어나 아침 짓느라 사랑을 나눌 시간이 없다고 한다. 그러면 이들 노부부는 사랑을 언제 나눌까?

「내 기분」은 가방 들고 학교 다닌다며 놀리는 이웃집 할랑구를 안쓰럽게 바라본다. 자기는 이름도 쓸 줄 모른다며 흉보고 버스도 자신 있게 탄다. 할머니에게 한글의 힘은 위대하다.

「아들」은 나한테 태어나 고생 많은 아들을 많이 때렸다고 미

▲ 요즘 시대에 베틀 앞에서 옷감을 짜는 할머니의 모습은 좀처럼 보기 힘들다.

안해하며, 저 세상에서는 부자로 만나자는 것이 눈시울을 적신다. 사랑한다는 말밖에 줄 것이 없다는 데 짠해진다.

「어머니」는 오 남매 키우느라 좋은 옷 못 입고 맛난 음식 못 먹고 황천길 떠난 어머니 생각에 눈물이 앞을 가려 '떡을 놓았다'는 무한 시어로 가슴을 먹먹하게 한다.

제 아무리 명성이 높은 시인도 이만큼 훌륭한 시를 쓸 수 있을까?

사랑에 관한 예쁜 말들

사랑이란 오래 갈수록 처음처럼 그렇게 짜릿짜릿한 게 아니야. 그냥 무덤덤해지면서 그윽해지는 거야.

아무리 좋은 향기도 사라지지 않고 계속 나면 그건 지독한 냄새야. 살짝 사라져야만 진정한 향기야.

사랑도 그와 같은 거야. 사랑도 오래되면 평생을 같이하는 친구처럼 어떤 우정 같은 게 생기는 거야.

■ 정호승의 「연인」에서

오늘은 당신 생일이지만 내 생일도 돼.

왜냐하면 당신이 오늘 안 태어났으면 나는 태어날 이유가 없잖아.

■ 은희경의 「빈처」에서

죽음이나 이별이 슬픈 까닭은 우리가 그 사람에게 더 이상 아무것도 해줄 수 없기 때문이야.

잘해주든 못해주든 한 번 떠나버린 사람한테는 아무것도 해줄 수 없어. 사랑하는 사람이 내 손길이 닿지 못하는 곳에 있다는 사실 때문에.

우리는 슬픈 거야.

■ 위기철의 「아홉 살 인생」에서

잊으려고 하지 마라. 생각을 많이 하렴.

아픈 일일수록 그렇게 해야 해. 생각하지 않으려고 하면 잊을 수도 없지.

무슨 일에든 바닥이 있지 않겠니?

언젠가는 발이 거기에 닿겠지. 그 때 탁 차고 솟아오르는 거야.

▣ 신경숙의 「기차는 일곱 시에 떠나네」에서

세상을 살면서 슬픈 일이란 사랑하는 사람에게 '사랑한다'고 말할 수 없고 사랑하는 사람의 사랑스러운 몸을 어루만질 수 없는 일이다.

하지만 그보다 더 슬픈 건 내 마음으로부터 먼 곳으로, 이제는 되돌릴 수 없는 먼 곳으로 더 이상 사랑해서는 안 되는 다른 남자

▲ 죽음이나 이별이 슬픈 까닭은 그 사람에게 더 이상 아무 것도 못해 주는 탓이다.

의 품으로 내 사랑을 멀리 떠나보내는 일이다.

하지만 그보다 더 슬픈 세상에서 가장 슬픈 사랑은 사랑하는 사람을 위해 세상을 살았고 그 사랑을 위해 죽을 결심을 했으면서도 그 사랑을 두고 먼저 죽은 일이다.

◾ 하병무의 「남자의 향기」에서

"세상에서 가장 어려운 일이 뭔지 아니?"

"흠, 글쎄요, 돈 버는 일? 밥 먹는 일?"

"세상에서 가장 어려운 일은 사람이 사람의 마음을 얻는 일이란다. 각각의 얼굴만큼 다양한 각양각색의 마음을 순간에도 수만 가지의 생각이 떠오르는데, 그 바람 같은 마음이 머물게 한다는 건 정말 어려운 거란다."

◾ 생텍쥐페리의 「어린 왕자」에서

●思索●

사랑에 관한 예쁜 말들은 소설이나 영화, 드라마 등에서 얼마든지 발견할 수 있다. 그러나 그 말의 진정한 음미를 감지해내기란 쉬운 일이 아니다.

그만큼 사랑이란 기쁨과 슬픔을, 아련한 이별과 처절한 마음과 생을 두루 섭렵해야 하기 때문이다.

여기서 선별한 사랑에 관한 예쁜 말들은 문학 작품 속에서 독자들의 가슴에 짜릿한 감동을 주는 글들이다.

정호승은 「연인」에서 사랑의 향기도 살짝 사라져야 하고, 사랑은 오래되면 친구처럼 어떤 우정 같은 것이 생긴다고 썼다.

은희경은 「빈처」에서 당신이 오늘 안 태어났으면 나도 태어날 이유가 없었다며 당신의 생일이 곧 내 생일이라는, 한 방에

제1부 사랑 91

훅 보내는 사랑 표현이 오랜 여운으로 남는다.

위기철은 「아홉 살 인생」에서 사랑하는 사람이 떠나거나 죽을 때 슬픈 까닭은 더 이상 아무 것도 해줄 수 없기 때문이라고 했다.

신경숙은 「기차는 일곱 시에 떠나네」에서 이별을 잊으려 하지 말고 생각을 많이 하되, 무슨 일이든 바닥이 있으므로 그때 탁 차고 솟아오르라는 숙명론을 펼친다.

하병무는 「남자의 향기」에서 슬픈 일이란 사랑하는 사람에게 말하고 몸을 어루만질 수 없는 일, 그보다 더 슬픈 것은 다른 남자의 품으로 멀리 떠나보내는 일, 가장 슬픈 사랑은 그 사랑을 두고 먼저 죽는 일이라고 했다.

생텍쥐페리는 「어린 왕자」에서 세상에 가장 어려운 일은 사람이 사람의 마음을 얻는 일이라고 했다.

그야말로 유명한 작가가 되려면 이만한 사랑철학 박사학위를 따야 하지 않을까?

모든 것은 마음먹기에 달려 있다

좋은 일이 생겨서 웃는다.
웃으니까 좋은 일이 생긴다.
넉넉해서 나눈다.
나누면 넉넉해진다.
예뻐서 사랑한다.
사랑하니까 예뻐 보인다.
친구라서 믿는다.
믿으니까 친구다.
잘하니까 칭찬한다.
칭찬하면 잘한다.
충분해서 만족한다.
만족하니 충분하다.
가능한 일이면 시작한다.
시작하면 가능해진다.
젊기에 도전한다.
도전하기에 젊은 것이다.
세상이 달라지니 생각도 바뀐다.
생각을 바꾸면 세상이 달라진다.

▣ 김은주의 「1Cm+」 중에서

●思索●

읽어보면 참으로 단순하면서도 마음에 드는 좋은 글이다. 결과적으로 볼 때 내용을 앞뒤로 보내 다시 작성한 글이다. 하지만 내용의 차이가 느껴진다.

결국 긍정적으로 생각하면 위의 글처럼 항상 어려움 앞에서 좋은 방향으로 찾아 나아가지 않을까 싶다. 긍정적인 생각이 얼마나 중요한지 알 수 있는 글이다.

독일 심리학자 에리히 프롬은 "사랑한다는 것은 관심을 갖는 것이며 존중하는 것이다"고 말했다.

이 말은 곧 "사랑이란 서로를 아는 것이 아니라 서로가 이해하는 것이다"고 한 것과 일맥상통한다.

아무도 삶을 다 알 수 없지만 누구나 삶을 이해할 수 있다는 뜻이다.

다만 삶이 뜻한 대로 나아가지 못하고 난관에 부딪치거나 고통을 수반하는 경우가 태반이라는 데 문제가 있다.

그래도 희망을 버리지 않는 이유는 삶을 이해하는 마음 때문일 것이다. 삶은 반드시 참고 견디면 따스한 봄날의 온기를 전해 주므로.

모든 일은 마음먹기에 달려 있다.

■■■■■■■■■■■■■■■■■■■■■■■■■ ϙ ■■■■■■■■■■■■■■■■■■■■■■■■■

당신을 마음으로 만나고

당신을 만나고 내 마음이 가장 행복했을 때는 순수한 영혼으로 깊은 산골짜기 졸졸 흐르는 맑은 시냇물처럼 흘러 당신께 닿았을 때였습니다.

당신을 만나고 내 마음이 가장 평화로웠을 때는 봄 햇살처럼 따뜻한 내 어머니를 그리워하듯 당신을 그리워했을 때였습니다.

당신을 만나고 내 마음이 가장 슬펐을 때는 당신을 사랑하지만 당신께 내어 드릴 것 아무것도 없는 너무나 부족하고 미약한 내 자신 초라하게 느껴지는 때였습니다.

당신을 만나고 내 마음이 가장 아팠을 때는 내 두 눈으로 당신을 그리워했을 때였습니다.

내 눈에 담긴 당신의 마음은 너무도 따뜻하고 다정해서 지금까지 살아오는 동안 가장 멋지고 아름다웠던 당신 모습 내 가슴에 새겨져 당신과 함께하지 못한 지난 세월이 아프고 매일 다정한 당신의 눈빛을 바라 볼 수 없음이 아프고 내 마음속에 당신의 향기 전부를 오롯이 다 담을 수 없음도 아팠습니다.

당신을 만나고 내 마음이 가장 허무했을 때는 삶의 고달픔이 내 마음을 어지럽혀 내 정신이 혼미해 당신이 내 안에 계신 걸 잠깐 잊을 때였습니다.

그때의 그 느낌이란 아름다운 꽃을 봐도 푸른 하늘에 두둥실 떠

있는 흰 구름을 바라봐도 부드러운 바람이 나를 감싸도 아무런 느
낌도 없는 내가 없는 때였습니다.

하지만 걱정하지 마십시오. 당신을 만나 슬프고 아프고 허무했
던 때는 한 해 동안 불어오는 태풍의 숫자만큼 적었고 행복하고
평화로웠던 때는 사계절 쏟아지는 소낙비만큼이나 많았으니까요.

앞으로도 언제까지나 그럴 것입니다.

▲ 내 삶의 햇살이며 유일한 기쁨인 당신이 있어 내 삶이 늘 밝아지고 따뜻해진다.

당신을 참으로 많이 사랑하기에 당신께 짐이 되는 사랑 드릴 수
없기에 영원히 당신을 아름답게 사랑하기 위해 아픔보단 행복해지
는 사랑을 할 것입니다.

당신이 내 안에 안 계시면 나도 없을, 내 삶의 햇살이시고 유일
한 기쁨이신 당신이 계시기에 내 삶이 늘 밝아지고 따뜻해집니다.

▣ 하정화의 「당신을 마음으로 만나고」에서

●思索●

이 글을 쓴 하정화 작가는 진정으로 사랑한 당신을 향한 마음을 가슴 속 절절하게 표현했다.

당신에게 처음 다가가 그리워했지만 자신이 초라하게 느껴졌고, 그러면서도 당신의 향기 전부를 오롯이 다 담을 수 없어 아파했다.

또한 당신이 내 안에 있는 것을 잠깐 잊고 아무런 느낌도 없었지만 그래도 진이 되는 아픔보다 행복한 사랑을 계속할 것을 다짐한다.

당신이 없으면 나도 없는, 내 삶의 햇살이며 유일한 기쁨인 당신을 향한 사랑이 애절할 만큼 맹목적으로 다가간다.

아, 이런 사랑도 있을까?

사랑이란 정말 아프고, 아련하고, 무섭다. 글 속에 진심으로 사랑한 마음이 묻어났다.

이 세상에 단 하나뿐인 당신이기에

이 세상에 단 하나뿐인 당신이기에 나는 당신을 사랑합니다.

어느 가을날 낙엽 수북한 거리에서 내 손을 잡고 행복해 하던 당신이기에 나는 당신을 사랑합니다.

어느 비 오던 날 내 마음 아프게 해 쏟아지는 눈물과 비로 내 모습 초라하게 만들었던 당신이지만 그 모습 지켜보며 함께 울었던 당신이기에 나는 당신을 사랑합니다.

자꾸만 세상살이에 지쳐 포기하려던 나에게 못난 사람이라고 모질게 몰아쳐 나를 일으켜 세우던 당신이기에 나는 당신을 사랑합니다.

세상에 모래알보다 많은 사람 그 중에 당신보다 예쁘고 착한 사람 없지 않겠지만 내가 알고 있는 당신은 세상에 단 하나뿐인 당신이기에 당신은 세상에서 가장 소중한 사람입니다.

그런 당신이기에 나는 당신을 영원히 사랑합니다.

　　　　　▣ 유미성의 「이 세상에 단 하나뿐인 당신이기에」 중에서

●思索●

시인은 '이 세상에 단 하나뿐인 당신'을 사랑할 수 있어 참으

로 행복한 사람이다.

가을날 낙엽이 수북한 거리에서 손을 잡고 행복해했고, 비 오던 날 마음을 아프게 해 눈물과 비로 초라한 나를 보고 함께 울었고, 세상살이에 지쳐 포기하려던 나를 일으켜 세운 당신이 있다는 사실만으로도 참 행복하다고 고백한다.

▲ 이 세상에 단 하나뿐인 당신을 사랑할 수 있음은 행복이다. 아픈 역사의 흔적을 짊어진 '나눔의 집' 할머니들.

시인이 "사랑은 퍼지 않고 시들지 않는다"고 말한 깊은 속뜻을 음미하면 이 세상에 단 하나뿐인 당신이 얼마나 소중한 존재인지 가늠할 수 있다.

이 세상의 모든 아름다움이란 "나 자신의 삶은 물론 다른 사람을 위해 끊임없이 정성을 다하고 마음을 다하는 것처럼 아름다운 것은 없다"고 한 톨스토이의 말에 정답이 담겨 있다.

미움도 괴롭고 사랑도 괴롭다

미워한다고 소중한 생명에 대하여 폭력을 쓰거나 괴롭히지 말며, 좋아한다고 너무 집착하여 사랑하는 사람에게는 사랑과 그리움이 생기고 미워하는 사람에게는 증오와 원망이 생기나니 사랑과 미움을 다 놓아버리고 무소의 뿔처럼 혼자서 가라.

너무 좋아할 것도 너무 싫어할 것도 없다. 너무 좋아해도 괴롭고 너무 미워해도 괴롭다.

사실 우리가 알고 있고, 겪고 있는 모든 괴로움은 좋아하고 싫어하는 이 두 가지 분별에서 온다고 해도 과언이 아니다.

늙는 괴로움도 젊음을 좋아하는 데서 오고, 병의 괴로움도 건강을 좋아하는 데서 오며, 죽음 또한 삶을 좋아함, 즉 살고자 하는 집착에서 오고, 사랑의 아픔도 사람을 좋아하는 데서 오고, 가난의 괴로움도 부유함을 좋아하는 데서 오고, 이렇듯 모든 괴로움은 좋고 싫은 두 가지 분별로 인해 온다.

좋고 싫은 것만 없다면 괴로울 것도 없고 마음은 고요한 평화에 이른다.

그렇다고 사랑하지도 말고 미워하지도 말고 그냥 돌처럼 무감각하게 살라는 말이 아니다.

사랑을 하되 집착이 없어야 하고, 미워하더라도 거기에 오래 머물러서는 안 된다는 말이다.

인연 따라 마음을 일으키고, 인연 따라 받아들여야 하겠지만, 집착만은 놓아야 한다.

이것이 인연은 받아들이고 집착은 놓는 수행자의 걸림 없는 삶이다.

사랑도 미움도 놓아버리고 무소의 뿔처럼 혼자서 가는 수행자의 길이다.

■ 법정(法頂) 스님의 글 중에서

▲ 3천년에 한번 핀다는 부처님을 상징하는 우담바라 꽃.

◑思索◑

법정 스님의 글 중에 '무소의 뿔처럼 혼자서 가라'는 표현이 있다. 혹여 공지영 작가의 동명소설 제목이 여기서 힌트를 얻은 것이 아닐까 생각해 본다.

뿐만 아니라 불교 초기 경전 「숫타니파타」 시문집에도 "소리에 놀라지 않는 사자와 같이 그물에 걸리지 않는 바람과 같이 흙 탕물에 더럽히지 않는 연꽃과 같이 무소의 뿔처럼 혼자서 가라" 는 문구가 나온다.

여기서 법정 스님은 좋고 싫은 것만 없다면 괴로울 것도 없고 마음은 고요한 평화에 이른다고 했다. 사랑을 하되 집착이 없어야 하고, 미워하더라도 거기에 오래 머물면 안 된다고 했다. 인연은 받아들이되 집착을 버리는 수행자의 걸림 없는 삶을 잘 제시하고 있다.

법정 스님은 타계 전에 "장례식을 하지 마라. 관도 짜지 마라. 평소 입던 무명옷을 입혀라. 내가 살던 강원도 오두막의 대나무 평상 위에 내 몸을 올리고 다비해라. 그리고 재는 평소 가꾸던 오두막 뜰의 꽃밭에 뿌려라. 내 이름으로 출판되는 모든 책을 출간하지 마라"고 유언을 남긴 채 2010년 3월 11일 길상사에서 75세의 나이로 입적했다.

이 글을 읽으면서 새삼스럽게 스님의 다비식 모습이 눈에 어른거린다. 뜨거운 불에서도 의연했던 기운이 바로 그렇다.

사랑도 미움도 놓아 버리고 무소의 뿔처럼 혼자서 가는 수행자의 길은 그렇게 처연하다.

부부는 서로의 얼굴이다

세상에 이혼을 생각해 보지 않은 부부가 어디 있으랴!

하루라도 보지 않으면 못 살 것 같던 날들 흘러가고 고민하던 사랑의 고백과 열정 모두 식어 가고 일상의 반복되는 습관에 의해 사랑을 말하면서.

근사해 보이는 다른 부부들을 보면서 때로는 후회하고 때로는 옛 사랑을 생각하면서 관습에 충실한 여자가 모두 현모양처이고 돈 많이 벌어오는 남자가 능력 있는 남자라고 누가 정해 놓았는지.

서로 그 틀에 맞춰지지 않는 상대방을 못마땅해 하고 자신을 괴로워하면서.

그러나 다른 사람을 사랑하려면 처음부터 다시 시작하기 귀찮고 번거롭고 어느새 마음도 몸도 늙어 생각처럼 간단하지 않아 헤어지자 작정하고 아이들에게 누구하고 살 거냐고 물어보면 열 번 모두 엄마 아빠랑 같이 살겠다는 아이들 때문에 눈물짓고.

비싼 옷 입고 주렁주렁 보석 달고 나타나는 친구, 비싼 차와 풍광 좋은 별장 갖고 명함 내미는 친구, 마냥 부럽기만 하고 속상하기도 한데 까마득한 날 흘러가도 융자받은 돈 갚기 바빠 내 집 마련 멀 것 같고.

한숨 푹푹 쉬며 애고 내 팔자야 노래를 불러도 열 감기라도 호되게 앓다 보면 빗길에 달려가 약 사오는 사람은 그래도 지겨운 아내, 지겨운 남편인 걸.

가난해도 좋으니 저 사람 옆에 살게 해달라고 빌었던 날들이 있었기에, 하루를 살고 헤어져도 저 사람의 배필 되게 해달라고 빌었던 날들이 있었기에….

시든 꽃 한 송이 굳은 케이크 한 조각에 대한 추억이 있었기에, 첫 아이 낳던 날 함께 흘리던 눈물이 있었기에, 부모상 같이 치르고 무덤 속에서도 같이 눕자고 말하던 날들이 있었기에, 헤어짐을 꿈꾸지 않아도 결국 죽음에 의해 헤어질 수밖에 없는 날이 있을 것이기에….

어느 햇살 좋은 날 드문드문 돋기 시작한 하얀 머리카락을 바라보다 다가가 살며시 말하고 싶을 것 같아 그래도 나밖에 없노라고 그래도 너밖에 없노라고….

■ 월간 「좋은 생각」에서

● 思索 ●

유명한 화가인 빈센트 반 고흐는 "부부란 둘이 서로 반씩 되는 것이 아니라 하나로써 전체가 되는 것이다"고 말했다.

고흐가 이만큼 부부애를 표현한 것 자체가 흥미로우면서도 경이롭다.

하지만 고흐의 그런 '감자 먹는 사람들'을 보노라면 그가 말한 부부애가 진정성 있는 뜻임을 알 수 있다.

고흐를 거장의 반열에 오르게 한 최초의 걸작인 이 작품은 노동으로 얻은 결실인 감자를 수확해 서로 나눠 먹는 농부 가족의 모습을 그린 것이다.

▲ 세상에 이혼을 생각하지 않은 부부가 어디 있으랴! 사진은 반 고흐의 「감자 먹는 사람들」 작품.

1885년 4월 완성한 이 그림은 하루 일과를 끝내고 자신의 노동으로 수확한 보잘것없는 결실을 즐기는 농부 가족을 보여준다.

이 작품 속의 부부는 분명 절반이 아니라 하나로써 전체가 되어 있다. 어둡고 힘든 가운데 애틋하게 피어나는 부부의 사랑이 바로 이런 것이다.

이 무렵에도 이혼을 생각해 본 부부가 있었을까?

새삼 엉뚱한 생각을 해본다.

청춘이란

청춘이란 인생의 어느 기간을 말하는 것이 아니라 마음의 상태를 말한다. 그것은 장밋빛 뺨, 앵두 같은 입술, 하늘거리는 자태가 아니라 강인한 의지, 풍부한 상상력, 불타는 열정을 말한다.

청춘이란 인생의 깊은 샘물에서 오는 신선한 정신, 유약함을 물리치는 용기, 안위를 뿌리치는 모험심을 의미한다. 때로는 스무 살 청년보다 육십이 다 된 사람에게 청춘이 있다. 나이를 먹는다고 해서 우리가 늙는 것은 아니다.

이상을 잃어버릴 때 비로소 늙는 것이다. 세월은 우리의 주름살을 늘게 하지만, 열정을 가진 마음을 시들게 하지는 못한다. 고뇌, 공포, 실망 때문에 기력이 땅으로 들어갈 때 비로소 마음이 시들어 버리는 것이다.

60세든 16세든 모든 사람의 가슴속에는 놀라움에 끌리는 마음, 젖먹이 아이와 같은 미지에 대한 끝없는 탐구심, 삶에서 환희를 얻고자 하는 열망이 있는 법이다. 그대와 나의 가슴속에는 남에게 잘 보이지 않는 그 무엇이 간직되어 있다.

아름다움, 희망, 희열, 용기, 영원의 세계에서 오는 힘, 이 모든 것을 갖고 있는 한 언제까지나 그대는 젊음을 유지할 것이다. 영감이 끊겨져 정신이 냉소라는 눈에 파묻히고 비탄이란 얼음에 갇힌 사람은 비록 나이가 20세라 할지라도 이미 늙은이와 다름없다.

그러나 머리를 드높여 희망이라는 파도를 탈 수 있는 한, 그대는 80세일지라도 영원한 청춘의 소유자일 것이다.

▣ 유태인 시인 사무엘 울먼(Samuel Ulman)의 글에서

●思索●

1997년 12월 방송국에서 대통령 후보들을 불러놓고 생방송으로 진행할 때, 사회자가 각 후보에게 좋아하는 시에 대해 묻자 당시 김대중 후보가 이 '청춘이란' 글을 낭독했다.

70대였던 당시 김대중 후보는 나이가 많다는 것이 후보로서의 약점이었다. 하지만 자신의 심정을 대변한 이 글을 낭독했고 결국 대통령에 당선됐다.

지구상에 존재하는 단어 중에 가장 아름다운 단어는 'love', 즉 사랑이다. 누구를 사랑할 수 있다는 것은 아직 나의 몸에 흐르는 피가 건강한 탓이다.

내가 아직 이 세상에 살아서 건재하다는 것이다. 아직 남에게 베풀 수 있는 아름다운 마음이 있기 때문이다. 사람은 누구든지 사랑 없이는 살 수가 없다.

주고받는 사랑, 나누는 사랑 모두가 행복이다. 사랑은 줄수록 더 주고 싶다. 그러면 그럴수록 더 아름다워진다.

사랑은 깊을수록 상처가 크다고 하지만 더할수록 은은한 육수 맛이 배어난다. 끝없이 베푸는 사랑 앞에서는 칼날도 무뎌진다. 이 세상에 사랑을 이기는 것은 아무것도 없다.

많은 이들이 소중한 사랑으로 서로 함께하며 밝은 세상을 만들어 가면 좋겠다. 사랑은 바로 청춘의 신념이다.

어머니

아침 햇살 맑게 비출 때 찬란한 이삭의 눈망울
어머니와 나는 손잡고 걸었다.
해맑은 푸른 하늘이 부끄러워 고개 숙여 몸을 움츠릴 때
어머니는 풍성하게 웃으셨다.

▲ 그리운 어머니가 거둔 수확의 손길이 눈에 아른거린다.

가을 하늘 어슴푸레 해가 질 때면
더욱 붉은 빛의 숭엄한 이삭
농부들의 웃음이 활짝 피었다.

어머니,
저 푸른 이삭이 노래하는 찬란한 아침
논둑의 이삭이 찬란히 빛날 때
어머니는 저와 함께 걸었죠.

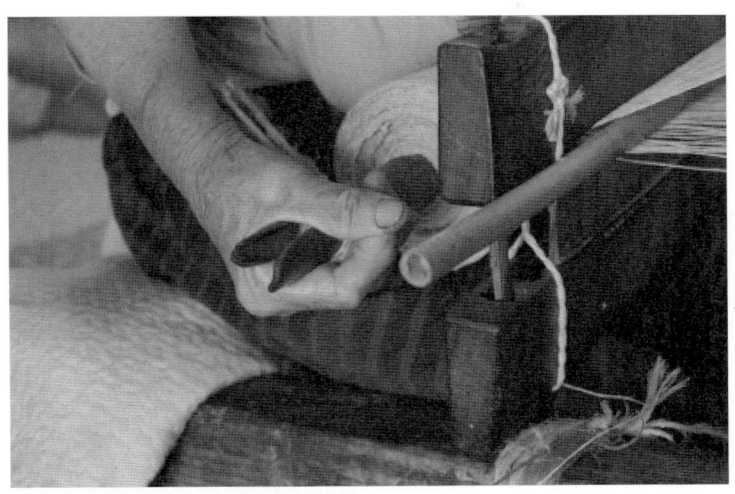

▲ 우리 시대의 어머니는 희생의 대명사이다.

어머니,
저 넓은 평야에 황금빛이 물결칠 때
이삭의 푸른빛이 더욱 더 익을 때
어머니는 풍성한 가슴을 저와 함께 나누었죠.

어머니,
저 높은 가을 하늘 저녁노을이 부끄러워
고개 숙인 이삭을 더욱 더 붉게 만들 때
어머니는 고달픈 몸을 이끌고 행복의 웃음을 주셨죠.

어머니,
저 푸른 들판에서 일하던 농부
밀짚모자를 벗어 흔들며 돌아갈 때
어머니는 저와 함께 손을 흔들며 돌아왔죠.

어머니,
저녁 내음 풍기는 마을의 저녁
풍성한 마음으로 밥을 지으며
어머니는 저에게 풍년을 약속했죠.

어진 어머니의 참모습,
참다운 농부의 진정한 사랑,
진정 **빼앗을** 수 없는 숭엄한 모습,
그리운 사람끼리 살고픈 고향.

어머니,
함께 가셔요.
저 누런 이삭이 노래하는 곳,
이삭의 눈망울이 노래하는 곳,
그리운 사람끼리 살고 싶은 곳 그곳으로….

어머니,
어머니,
함께 가셔요.

▣ 자작시

▲ 진정 지혜로운 사람은 어떤 사람일까? 사진은 어머니 바위 모습.

⬤思索⬤

이 시는 내가 고등학교 재학 시절 썼던 자작시다. 고교 시절 시인이 되고자 남의 시를 모방하며 습작했던 수많은 시 가운데 하나로 기억된다. 실제 내가 쓴 시인지는 정확한 기억이 없지만 뿌옇게 먼지가 쌓인 책장 속에 보관되어 있던, 발간한 지 40년이 넘는 모교 교지에 실린 작품이라 옮겨 보았다.

나 역시 학창시절에 시인이 되겠다는 생각으로 시 쓰기를 좋아했다. 적어도 대학 진학을 목표로 공부하는 상황에서 그것은 어찌 보면 샛길로 빠지는 일이다. 그만큼 공부하는 시간을 빼앗기는 것으로 자연히 성적이 떨어질 수밖에 없다.

그런에도 문학청년은 젊음 때문에 자신의 시작(詩作)이 괜찮은 것 같은 착각에 빠져든다. 게다가 당시에는 요즘과 달리 시인이나 소설가를 제법 멋져 보이던 시절이었다.

아무튼 나도 고교 시절에 글짓기 대회에 나가는 등 나름대로 아름다운 문학도의 꿈을 키웠다. 그 시절이 그립다.

흔들리며 사는 것이 인생이다

살아가는 것은 흔들리는 것이다.

이 세상에 변하지 않는 것은 아무 것도 없고 또한 영원한 것도 없다. 사람은 나이가 들면 늙고 물건은 오래되면 상처를 입고 나무 또한 그 언제인가는 쓰러지거나 죽는다.

'흔들림'은 바람에 의해서, 그 무엇에 의해서 흔들리는 것이다. 허영이 되기도 하고 욕망이 되기도 하고 이루지 못한 꿈이기 때문에 흔들리다가 쓰러지기도 하고 다시 제자리에 서 있기도 하는 것이 인생이다. 그 누구도 흔들리지 않은 인생은 없다.

'흔들림'이 돈이 될 수도 있고, 권력일 수도 있고, 명예일 수도 있고, 또 아름다운 외모일 수도 있다.

사람은 태어나면서 죽을 때까지 흔들리다가 사라지는 허무한 존재이다. 내가 생각하고 내가 선택한 길을 따라 흔들리며 비틀거리며 살아가는 것이 인생이다. 흔들리면서 살아가는 법, 사랑하는 법, 행복해지는 법을 알아가는 것이다.

도종환 시인의 「흔들리며 피는 꽃」에 보면 이런 구절이 나온다. 흔들리지 않고 피는 꽃이 어디 있으랴. 흔들리지 않고 가는 사랑이 어디 있으랴. 젖지 않고 가는 삶이 어디 있으랴.

사람이나 자연이나 흔들리며 살아간다는 것이다. 흔들리면서 기쁨과도 만나고 지나가는 아픔과도 눈인사하고 사람에게 상처받았으면 또 다른 사람이 베푸는 사랑에 의해 치유가 된다. 사람은 누구나가 행복해지기를 바란다.

색깔도 형체도 없는 행복 어디서 만나고 잡을 수 있을까? 돈으로도 살 수도 없는 것이 행복이다.

낯선 곳을 여행을 하면서 간이역에서 기쁨, 슬픔, 눈물, 아픔을 만나면서 행복을 느끼고 불행을 안는 것이 인생이다.

그 누구도 100% 행복한 사람도 없고 100% 불행한 삶도 없다. 행복은 자기만족을 느끼는 것이다. 지금 이 순간이 편안하고 웃음이 나오면 행복한 순간을 만난 것이다. 지금 이 순간이 슬프고 고통스럽고 버거우면 잠시 불행을 만난 것이다.

영원한 행복, 영원한 불행을 안는 사람은 없다. 어떻게 생각하고 행동하며 생활하느냐에 따라 지금 행복을 느낄 수 있고 불행을 만을 수 있는 것이다. 행복, 불행 그들도 흔들리며 사람을 만나는 것이다.

어제는 연예인을 만나고, 오늘도 대학생과 만나고, 내일은 사춘기 소녀와도 만나는 지극히 평범한 것이 행복 찾기이다. 이 세상은 흔들리며 살아가는 것이다. 자연도 사람도 그것이 삶이다.

아직도 많은 인연과의 스침, 만남, 투쟁, 그리고 평화 등등의 시간을 얼마나 많이 만나게 될까?

숱하게 스치고 만났지만 여전히 행복 찾기에는 실패해서 하염없이 흔들리다가 떠나가는 것이 인생이다. 종착역 그곳에서 어쩌면 '흔들림'과의 마지막 이별을 한 후에 행복 찾기는 이루어질 수도 있다.

■ 김정한의 「흔들리며 사는 것이 인생이다」 중에서

●思索●

독일 문호 괴테는 "이 세상의 가장 아름다운 선물은 눈에 보이는 형체보다 가슴속에 숨겨져 있는 보이지 않는 따스한 마음이 아닐까. 사랑하는 것이 인생이다. 사람과 사람 사이의 격함이 있는 곳에 기쁨이 있다"고 말했다.

사랑을 한없이 주고 싶은 사람이 있다는 것은 행복이다. 또한 하염없이 바라보고 싶은 사람이 있다는 것 역시 마찬가지다.

이 세상에 사랑만이 누릴 수 있는 행복, 사랑한다는 것은 내가 살아 있다는 증거이다.

사랑하면 스스로 단정하고 깨끗해지며, 웃어야 할 좋은 일이 생긴다. 사랑을 하려면 남보다 부지런해야 하므로 일석삼조이다.

사랑하는 일은 내일 다시 살아가야 하는 이유와 구실이 생기기 때문이다.

사랑할 줄 모르는 사람은 돌무덤과 같고 사랑을 모르고 사는 사람은 사형선고를 받은 사형수와 매한가지다.

신과 사랑은 동일한 것이다. 사랑은 베푸는 기쁨이며 기술이다. 알량한 자존심과 이기주의, 냉정한 마음은 사랑의 적이다.

그래서 이 세상에 사랑이라는 이름의 선물만큼 훌륭한 것은 없다.

하지만 그런 사랑에도 으레 흔들림이 뒤따른다. 흔들림 속에 사랑의 중심을 제대로 잡는 것이 곧 진정한 사랑이 아닐까.

향기와 매력 있는 사람

사람의 참된 아름다움은 생명력에 있고, 그 마음 씀씀이에 있고, 그 생각의 깊이와 실천력에 있다고 생각합니다.

언제나 맑고 고요한 마음을 가진 사람의 눈은 맑고 아름답습니다.

깊은 생각과 자신의 분야에 대한 연구를 게을리하지 않는 사람에게서는 밝고 지혜로운 빛이 느껴집니다.

녹슬지 않은 반짝임이 그를 언제나 새롭게 하기 때문입니다.

남을 위해 도움의 손길을 건네고 옳은 일이라면 묵묵히 하고야 마는 사람에게서는 큰 힘이 전해져 옵니다.

강한 실천력과 남을 헤아려 보살피는 따뜻한 그 무엇이 있기 때문입니다.

누구의 눈을 닮고 누구의 코를 닮은 얼굴보다 평범하거나 좀 못생겼다고 하더라도

어쩐지 맑고 지혜롭고 따뜻한 마음이 느껴지는 사람, 만나면 만날수록 그 사람만의 향기와 매력이 느껴지는 내면이 아름다운 사람이야말로 이 세상을 아름답게 할 사람들일 것입니다.

내면을 가꾸십시오.

거울 속에서도 자신의 마음을 들여다보십시오. 내 마음의 샘물은 얼마나 맑고 고요한지, 내 지혜의 달은 얼마나 둥그렇게 솟아

내 삶을 비추고 있는지, 내 손길 닿는 곳과 발길 머무는 곳에 어떤
은혜로움이 피어나고 있는지, 내 음성이 메아리치는 곳에, 내 마음
이 향하는 곳에 얼마나 많은 사람들이 고마워하고 있는지….

■ 이원조의 「마음 속 길들이기」에서

●思索●

사람의 참된 아름다움은 마음에 꼭꼭 숨어 있다. 그래서 쉽게
발견되지 않는다.

하지만 착하고 진실한 마음은 아무리 감추려고 해도 스스로 향
기가 난다. 그 향기는 너무 진하지 않으며 지독한 냄새도 없다.

단지 은은하면서도 잔잔한 향기인데도 오랫동안 사람의 뇌리에
기억으로 남는다. 그런 구수한 숭늉 같은 향기가 나는 사람이 매
력 있다.

이런 향기와 매력을 뿜어내는 사람은 내면이 아름답다. 굳이
겉으로 표현하지 않아도 저절로 드러날 수밖에 없다.

물론 이런 자아성찰이 하루아침에 터득된 것은 아니다. 수없이
자신을 반성하고 공부하며 마음을 길들인 결과이다.

이 세상에 태어나 단 한 번 살다가 가는 인생길에 향기와 매력
이 없는 사람은 참 멋없는 삶이다.

제2부

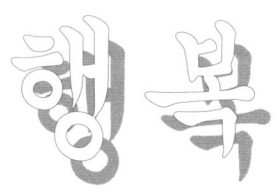

행복

물은 만물을 씻어 줍니다.
그리고 물은 만물을 길러 줍니다.
대부분의 사람들이 지위가 올라갈수록
마음도 높아져서
세상이 시끄러워진다고 생각합니다.

나눔과 성장

언 땅이 풀리는 해토(解土)의 절기가 오면 흙 마당가에 쪼그려 앉아 얼음발 속에 뜨겁게 자라는 여린 새싹들을 지켜보느라 눈빛이 다 시립니다.

언 흙을 헤치고 나온 새싹들은 떡잎이 둘로 나뉘면서 자랍니다. 나뉘어야 자라는 새싹들.

그렇습니다. 나누어야 성장합니다. 커지려면 나누어야 합니다. 새싹도 나무도 나뉘어야 자라납니다. 사람 몸도 세포가 나뉘어야 성장합니다.

커진다는 것, 성장한다는 것은 자기를 나눈다는 것입니다. 그것이 모든 생명체의 본성입니다.

커나가는 조직은 정보와 지식, 비전과 자유와 책임을 잘 나누어 함께 공유하는 만큼 멈춤 없는 성장을 할 수 있는 것입니다.

나누어야 커지고 하나 될 수 있습니다. 나누어야 서로 이어지고 함께 모여들어 커질 수 있습니다.

크다는 것은 하나를 이루어낸다는 것이고, 큰 사람이란 나누어 쓰는 능력이 큰 사람이고, 크게 나눔으로 하나를 이루어내는 사람입니다.

자기를 잘 나누어 상대를 키움으로 자기도 커나가는, 지공무사(至公無私)의 사람이 아닌 지공지사(至公至私)의 사람입니다.

나누지 않으면 성장이 정체됩니다. 시들어가고 뒤처지고 부패하고 적대합니다.

나누지 않을 때 싸움이 생기고 분열이 생깁니다. 나눔만이 나뉨을 막을 수 있습니다.

나누려면 나눌 거리가 있어야 합니다. 늘 새롭게 나누어줄 삶의 감동과 이야깃거리가 있어야 합니다.

새로 학습한 지식과 정보가 있어야 하고, 새로운 깨달음이 있어야 하고, 보살펴줄 시간과 물질과 건강이 있어야 나누려는 마음도 자라납니다.

함께 나눌 가치 있는 일과 희망과 능력이 생겨나야 합니다. 그러려면 나눔과 동시에 자기를 열고 받아들여야 합니다.

크게 나누기 위해서는 먼저 나눔과 함께 자기 자신이 세상과 이어지고 몸을 통하여 내 몸과 내 큰 몸이 하나로 창조적 맴돌이를 이루어야 합니다.

천 골짝 만 봉우리 물을 받아들여 큰 물 둥지를 이루어야 너른 들녘을 푸르게 피워낼 수 있는 것입니다. 자기 선 자리에 뿌리를 깊숙이 내리고 땀 흘려 일하고 공부해야 자기 안으로 흘러드는 물길을 낼 수 있습니다.

하루하루 치열하게, 맑은 눈 뜨고 자기를 불살라가는 투혼의 불덩이여야 나눈 만큼의 새로운 창조가 이루어집니다.

나눔은 돈을 많이 번 다음에, 성공한 다음에 하는 것이 아닙니다. 나눔은 여유가 있어서 하는 것이 아니라 오히려 자신의 가난을 나누는 것입니다.

지금 나는 가난하고 힘이 없어서 나눌 것이 없다고 생각할지 모르지만 사실은 '나누려는 마음'이 가난하고, 나누는 '능력'이 결핍되어 있는 것입니다.

지금 우리에게 필요한 것은 돈을 많이 번 다음에, 성공한 다음에 나누겠다는 굳센 다짐이 아니라 지금 있는 그대로를 잘 나누어 쓰는 능력입니다.

두텁게 언 흙을 헤치고 나온 저 작고 여린 새싹은 여유가 있어서 떡잎을 나누는 것이 아닙니다.

지금 자기가 바로 살기 위해서, 자기가 바로 크기 위해서, 그 작고 여린 자기를 처음부터 나누는 것입니다.

나누는 능력도 생명체와 같아서 쓰지 않으면 퇴화하고 잃어버리게 됩니다. 나누는 능력을 잃어버린 채 돈을 많이 벌고 크게 성공했다 해도 그것은 삶의 외피와 삶의 조건을 확보하기 위해 삶의 속살과 목적, 아니 삶 자체를 삶의 껍데기와 바꿔버린 것에 지나지 않습니다.

나누는 능력이야말로 인간 삶의 핵심 능력이고 인간성의 본질인 사랑과 영성을 성장시키는 유일한 것이기 때문입니다.

지금 내가 인간으로 바로 살기 위해서는, 내가 인간으로 바로 크기 위해서는, 내 삶의 핵심을 성장시키기 위해서는, 지금부터 바로 나누어야 합니다. 가난함 그대로를 나누어야 합니다.

나누는 능력이 커나가는 만큼 나눌 거리도 커지는 것이 진정한 성장이고 참된 성취입니다. 그것만이 멀리 가고 오래 남는 창조적인 맴돌이인 것입니다.

사랑이란 지금 그대로의 자기를 나누는 것입니다. 나눔을 통해 자기 자신이 성장하고 상대를 성장시키고 모두가 진보해 나가는 것입니다.

자기를 나누어 자신과 상대를 함께 키워내지 못하는 것은 사랑도 정의도 진보도 아닙니다. 함께 하나 되어서도 성장하지 못하고, 나누어도 성장하지 못하는 건 진보가 아닙니다.

성장하지 못하는 나눔, 성장하지 못하는 성숙은 진보가 아닙니다. 창조적 맴돌이가 이루어지지 않았기 때문입니다.

나눔을 통한 성장과 성숙의 긴장된 떨림, 그 살아 움직이며 이동하는 균형점이 참된 사랑의 자리이고 진정한 진보의 자립니다.

잘 나누어 보살펴야 성장하므로 성숙할 수 있고 성숙함으로 지속적인 성장이 가능합니다. 그래서 나눔의 손은 보살핌의 손이기도 합니다.

자기를 다 나누고 마침내 고목처럼 부드럽게 쓰러지는 생이 있습니다. 쓰러져 돌아감으로 다시 새싹처럼 부활하는 생, 그래서 죽음마저 최후의 나눔이고 사랑이고 희망인 생, 그런 일생이 되기를 기도하는 신생(新生)의 시간입니다.

언 흙을 뚫고 치열한 숨결로 자라나는 새싹들을 바라보며, 나눔으로 빛나는 작고 여린 얼굴들을 묵묵히 들여다보며, 내 안에서, 세상에서, 나눔으로 자라나는 푸른 희망 하나하나를 뜨겁게 지켜봅니다.

고개 들어 해동청(解冬靑) 하늘 바라보는 눈빛 시려옵니다.

▣ 박노해 시인의 글에서

●思索●

하루가 새벽을 지나 아침에 집에서부터 시작된다. 모든 숫자가 1에서 시작되고, 아이가 세상에 태어날 때 울고 웃게만 했다.

높은 산도 낮은 자리에서 오르고, 큰 나무도 작은 씨앗에서 시작한다. 이 모든 것들이 다 사랑의 증거라는 뜻이다.

우리의 모든 시작이 작고, 쉽고, 낮고, 가까운 것에서 시작하는 이유는 모든 이가 사랑받는 증거라고 말한다. 사랑은 모든 사람에게 평등하고 고귀하다는 뜻이다. 그러므로 마음껏 사랑을 누리고 베풀어야 한다.

우리 주변에서는 얼마든지 사랑의 증거를 찾아볼 수 있다. 또 그 어떤 사랑의 증거가 있을까. 진정 나 자신은 누구를 위한 사랑의 증거가 될까. 새삼 스스로 되짚어보니 겸허한 사랑의 마음이 새록새록 생긴다.

우리 주변에는 이런 사랑의 증거로 나눔을 몸소 실천하는 사람들이 많다. 지난 연말 불우 이웃돕기 성금도 기업보다는 일반 국민들의 참여가 더 많이 늘었다고 한다. 자신이 나눔을 실천하는 것을 굳이 알리려고 하지 않는 이들도 부지기수이다.

박노해 시인은 위 글에서 "나눔은 돈을 많이 번 다음에, 성공한 다음에 하는 것이 아니다"며 "나눔은 여유가 있어서 하는 것이 아니라 오히려 자신의 가난을 나누는 것"이라고 했다.

"지금 나는 가난하고 힘이 없어서 나눌 것이 없다고 생각할지 모르지만 사실은 '나누려는 마음'이 가난하고, 나누는 '능력'이 결핍되어 있는 것입니다."

소위 부자들의 마음을 어리게 하는 글이다.

12가지 지혜로운 삶의 길

첫 번째, 세상을 살면서 세간에 오염되지 말아야 한다.

이것이 삶을 진지하게 바라보고 사유(思惟)하는 자의 길이다.

두 번째, 남의 좋은 행실을 보면 그대도 '나도 그와 같이 행하리라'고 다짐하라.

남의 잘못된 행실을 보면 '나는 그와 같이 행동하지 않아야겠다'고 마음에 새기어라.

세 번째, 어두운 방에 혼자 있을 때에는 귀한 손님을 맞이한 것처럼 몸가짐과 마음가짐을 조심하라.

그대의 감정을 표현하되 결코 그대의 본마음보다 지나치게 표현하지 말라.

네 번째, 젊은 시절의 가난이란 그대 인생에 가장 소중한 보물이다.

그 보물을 경제적인 부와 안락함으로 세상과 타협하지 말라.

다섯 번째, 어떤 사람이 겉으로 어리석은 것처럼 보일지라도 절대 그를 바보 취급하지 말라.

그는 자신의 뛰어난 면모를 은밀히 감추고 있을지도 모른다.

여섯 번째, 공덕이란 하늘에서 떨어지는 눈·비와 같은 것이 아니다.

반드시 행동[因]의 대가로 열매[果]를 맺은 것이다. 그대가 노력하는 만큼 결코 이 세상은 그대를 저버리지 않을 것이다.

일곱 번째, 겸손은 모든 공덕의 바탕이 된다. 사람들에게 자신을 드러내려고 하지 말라.

그대가 진실하다면 사람들은 언젠가 그대를 알아볼 것이다.

여덟 번째, 품위가 높은 사람은 자신 스스로 남 앞에 내세우지 않는다.

이런 사람이 하고 있는 말들은 숨어 있는 진귀한 보석처럼, 그 값을 헤아릴 수가 없다.

아홉 번째, 진지하게 삶을 바라보고 감사할 줄 아는 사람은 순간순간이 행복하고, 매일 매일이 새로운 날이다.

세월은 흘러가도 그는 결코 시간의 흐름에 얽매이지 않는다. 그대는 살면서 고통스러운 일이 생기든 영광스런 일이 생기든, 칭찬을 받든 비난을 받든 어떤 것에도 동요하지 말라.

시간이 흐르면 영광과 수치, 고통과 즐거움도 세월이라는 강물에 흘러가게 되어 있다.

열 번째, 자신은 반성하고 꾸짖되, 남의 그릇됨을 비난하거나 책망하지 말라.

상대방과 옳고 그름을 따진다면 분노만 일어날 뿐이다. 인간의 애증(愛憎) 속에서 생기는 옳고 그름은 부질없는 일이다.

열한 번째, 어떤 일은 지금 당장 옳게 보이지만 세월이 흐르면 그릇된 것으로 보일 수도 있다. 또 지금은 잘못된 것 같지만 세월이 흐르면 바르게 보일 수도 있다.

그러므로 지금 현재 사람들이 (자신을) 인정해 주기를 바라지 말라. 세월이 흐르면 그대의 진심은 드러나게 되어 있다.

열두 번째, 인생을 순리대로 살아라. 그리고 그 결과는 우주의 대 섭리에 맡겨두어라.

매일 매일을 고요하고 평화롭게 사유하는 삶, 그것이 행복인 것이다.

▣ **선월(禪月) 관휴(貫休) 선사의 말**

●思索●

당나라 말기 오대 때 선월(禪月) 관휴(貫休, 832~912) 선사가 한 말로 남녀노소, 종교를 초월해 한번쯤 새길 만한 교훈이다.

사람의 마음이란 짓궂은 날씨처럼 수시로 변한다. 어떤 때는 도무지 그 속을 알 수 없어 난감할 때가 대반사다. 마음이 둔감할 때는 어떤 풍경이나 사람도 이렇다 할 인상을 남기지 못한다.

그것은 다분히 대상에 반응하는 내 마음의 감도가 떨어져 있는 탓이다. 사람은 저마다의 세상을 살아가는 데 그것은 밖에 있는 현실보다는 많은 부분 자기 마음의 현실을 살고 있다.

이래서 마음은 묘한 세계이다. 내 마음의 풍경은 내 방의 모습과 비슷하다. 그러나 상대방은 서로의 방이 어떤지 상상할 뿐이다. 그래서 서로가 말하지 않는 마음의 방은 도저히 상상할 수 없다.

우리는 서로에게 습적 방을 설명할 수는 있다. 그러나 결국 자신만이 그 방에 사는 사람일 뿐이다.

그래서 모든 사람의 마음의 방은 특별하고 빼앗길 수 없는 방이다. 그곳을 어떻게 꾸밀 것인지는 오직 자신의 자유이며 몫이다.

말에 인격이 흐르게 하라

서양 속담에 "간결은 말의 재치이다"란 말이 있습니다.

말이란 그 사람의 인격을 밖으로 표현하는 가장 직접적인 행위입니다.

그러므로 당신의 말 한마디는 상대편에게 자신의 본모습을 보여주는 것입니다.

우리들은 가끔 아주 예의바른 신사나 숙녀들이 갑작스러운 일을 당하면 자기도 모르게 입에서 욕설이 튀어나오는 것을 본 적이 있습니다.

아무리 예의와 겸손으로 치장을 하더라도 그 본모습을 속일 수는 없는 것입니다.

특히 운전을 할 때 우리는 그 사람의 성격을 알 수 있다는 말을 많이 합니다.

누군가 갑작스럽게 끼어들거나 아주 위험한 순간을 겪었을 때 나타나는 그 사람의 반응을 살펴보십시오.

절대 그렇지 않으리라 생각되던 사람의 입에서 상스러운 욕설이 나온다면 다시 그 사람을 보고 싶지 않을 것입니다. 그의 친절한 웃음조차 가식으로 느껴지지 않겠습니까?

사람들은 자신에 대해서 많은 오해를 합니다.

자신은 예의 바르고 자신은 남보다 이해심이 많으며 유머가 넘치고 참을성이 많다고 생각들을 할 것입니다.

하지만 정말 그렇습니까?

실제로 그런 교양, 그런 매너를 갖추고 있는 사람은 얼마 되지 않습니다.

자신이 농담을 하고 있다고 생각하는 사람들은 실제로 농담을 하지 않습니다.

상대편을 배려하지 않는 농담은 가끔 무례한 말이 되는 경우가 많은 것입니다.

그러한 사람을 자각시키는 방법은 별개 아닙니다.

웃지 않으면 되는 것이지요.

만일 그 정도가 심했다면 비슷하게 대꾸해서 다시는 그런 농담을 하지 못하도록 해야 합니다.

생각이 깊은 사람은 의미 없는 말을 꺼내지 않습니다.

당신의 입에서 나간 말이 누군가에게 불쾌감을 줄 수도 있다는 사실을 명심하십시오.

말에 향기를 불어넣는 가장 좋은 방법은 역시 문화적인 교양을 쌓는 것입니다.

교양이란 자신도 모르게 말투에 지성을 불어넣습니다.

"말 한마디가 천 냥 빚을 갚는다"란 속담은 아주 오래된 것이지만 그보다 더한 진실은 없습니다.

말 한마디가 의기소침한 사람에게 의욕을 불어넣어 주고 말 한마디가 믿음을 줍니다.

자신의 말에 자신감과 믿음을 심으십시오.

연애를 할 때는 시적인 말이 좋고 사업을 할 때는 명확한 말이 좋습니다.

누군가를 격려할 때는 따뜻하고 정겨운 말투가 어울리겠지요?

때와 장소, 그리고 사람에 따라 분위기를 자신의 것으로 만들 수 있도록 항상 노력해야 합니다.

쓸데없는 수다는 당신을 아줌마로 만들기 십상입니다.

대화를 하고 난 상대편이 당신의 이름이 오래 기억할 수 있도록 해주십시오.

▣ 정채린의 「꿈을 잃지 않는 여자가 아름답다」에서

▲ 굳이 말을 하지 않아도 말을 나누는 조련사와 견공의 대화법이 재미있다.

●思索●

매력은 사람을 끌어들이는 힘을 뜻한다. 외모에서부터 개인 취향의 옷차림까지 시각·정신적인 부분까지 포괄적인 매력을 불러온다. 이성을 끌어당기는 보이지 않는 힘이 매력의 중요한 포인트이다.

사람이 살다 보면 주변에 이상하게 끌리는 사람이 있다. 처음 만났는데도 호감이 느껴지는 사람이라면 그는 어딘가 모를 매력이 분명히 있다. 그 매력은 여러 가지 원인이 있게 마련이다.

사람마다 모두 다른 매력을 가졌지만 대부분 공통적인 부분도 많다. 대표적인 매력의 소유자는 연예인이다. 그들은 특유의 멋진 얼굴과 모습으로 많은 팬을 확보하고 있다.

하지만 외모가 매력의 전부는 아니다. 밝고 명랑한 성격, 항상 정갈하고 단정한 모습도 매력 요인이다.

또한 내 말을 잘 들어주는 사람, 목소리가 좋아 얘기만 나눠도 기분 좋은 사람, 약속을 잘 지키는 사람, 고마움을 표현하는 사람, 겉모습과 달리 속이 너무 편한 사람 등 매력 덩어리는 각양각색이다.

어쨌든 자기 스스로 볼 때 매력이 없다고 판단되면 그는 분명 실패한 삶을 살아갈 가능성이 농후하다.

물처럼 살아야 한다

물은 만물을 씻어 줍니다. 그리고 물은 만물을 길러 줍니다.

대부분의 사람들이 지위가 올라갈수록 마음도 높아져서 세상이 시끄러워진다고 생각합니다.

그러나 산꼭대기에서 한두 방울씩 떨어지는 물은 계곡을 따라 실같이 흐르다가 차츰 내를 이루고, 계곡이 되고, 그러다가 강줄기를 만나면 강에 합해 흐르며 바다에 이르게 되는데 결코 거슬러 올라가는 일이 없습니다.

물줄기가 커지면 커질수록 점점 더 낮은 곳으로 흐르면서 나무뿌리를 만나면 나무에 물을 대주고 또 흐르면서 겸양의 도를 일깨워주는 물의 덕이야말로 자꾸만 높아지려다 떨어지는 우리들이 평생 깨우치고 실천해야할 일이란 생각을 합니다.

물의 덕은 씻어내는 공덕과 만물을 키워주는 것, 그러면서 겸양하는 덕입니다.

한 가지를 더 들자면 물은 정성스럽다는 것입니다. 한 방울씩 떨어지는 물이 힘이 없는 듯하지만 돌도 뚫는 것은 끊임없는 정성의 힘입니다.

또한 부드러운 물의 성품은 물이 담기는 그릇에 따라 형체를 자유로이 할 수 있게 합니다.

그런가 하면 서로 합할 줄 알아서 천 갈래 만 갈래로 흩어져 있던 물줄기들이 언젠가는 하나가 되어 바다를 이루게 된다는 사실 앞에서 모두가 하나의 세계에 살고 있다는 열린 마음으로 살아가야 할 것입니다.

또한 물은 멈춰 있을 줄 압니다. 비가 많이 올 때는 방죽이나 저수지에 담겨 있다가 필요할 때 쓰입니다.

사람도 마찬가지입니다. 준비하는 기간이 있어야 합니다.

가던 길을 멈추고 자신을 관조해 보면서 자신의 진정한 가치 실현의 목표를 찾아갔으면 합니다.

▣ 이원조의 「마음 속 길들이기」에서

●思索●

물은 만물의 때를 씻어주고 생명을 길러 준다.

물은 산꼭대기에서 한 방울씩 모여 강과 바다로 흘러가는 동안 결코 거슬러 올라가는 일이 없다. 바로 그런 점에서 오묘한 인생 철학을 배울 수 있다.

게다가 물은 나무와 꽃, 새와 짐승, 사람과 가축 등 모든 생물을 키우는 기본 식량이다. 애초부터 지구에 물이 없었다면 오늘과 같이 살기 좋은 환경은 만들어지지 않았을 것이다.

참으로 고마운 물이다. 피곤할 때 더운 물로 샤워를 하면 피로가 말끔히 가신다. 삶이 힘들어 주저앉고 싶을 때 남 몰래 흘린 눈물은 다시 한 번 일어설 용기를 준다.

연인 앞에서 흘리는 눈물은 사랑을 긍정, 혹은 부정으로 몰아간다. 눈물도 알고 보면 물의 일종인 셈이다.

하지만 물은 연약한 듯하지만 단합하면 엄청난 파괴력을 가진 악마로 변신한다. 수많은 세월 동안 떨어진 물 한 방울은 바위를 뚫는다.

바위틈으로 뿌리를 박은 소나무가 거대한 바위를 서서히 쪼갤 수 있는 근원도 사실은 물이다.

하늘에서 쏟아지는 폭우는 홍수로 변해 계곡과 마을을 집어삼키고, 바닷물은 용솟음쳐 거대한 함선들도 조각배처럼 내팽개쳐 버린다.

해저에서 시작한 지진으로 바다는 해일을 일으켜 육지를 사정없이 깔아뭉갠다.

이런 착한 물이 하나게 조종하는 조물주의 속뜻은 과연 무엇일까?

참으로 이와 같은 어려운 질문에 봉착하면 나는 어쩔 수 없이 난감해진다.

■■■■■■■■■■■■■■■■■■■■■■■■ ☼ ■■■■■■■■■■■■■■■■■■■■■■

마누라와 자식만 빼고 다 바꿔라

"마누라와 자식만 빼고 다 바꿔라."

이는 이건희 회장이 한 말로 한때 많은 사람들에게 회자됐다. 이 말에는 다음과 같은 사연이 담겨 있다.

이건희는 1993년 6월 7일 독일 프랑크푸르트에서 삼성 임직원들을 소집시켰다. 그는 프랑크푸르트로 오기 전 일본 오쿠라호텔에서 사장단 및 중역들과 회의를 하였다. 그 자리에는 후쿠다 타미오라는 삼성전자 디자인 고문도 함께 있었다. 회의를 마친 이건희는 후쿠다 타미오 고문과 몇몇 일본인 고문을 따로 불러 삼성전자를 보고 느낀 것을 기탄없이 말해 달라고 했다. 그의 제안에 고문들은 자신들이 보고 느낀 것을 직언했다. 이때 후쿠다 타미오는 자신이 미리 작성한 보고서를 이건희에게 건네주며 말했다.

"삼성전자에 대해 제가 보고 느낀 것을 작성한 것입니다. 한번 읽어보십시오."

이건희는 다음날 프랑크푸르트로 가는 비행기 안에서 보고서를 읽었다. 보고서의 주요 내용은 아무리 문제점을 제시해도 도통 받아들여지지 않는다는 것이었다. 삼성전자는 많은 문제점을 안고 있어 지금 이대로 가면 절대로 성공할 수 없다는 의견도 제시되어 있었다. 보고서를 읽고 난 이건희의 표정이 일그러졌다.

"대체 이 사람들은 무슨 생각으로 일을 하는 거야."

그는 이렇게 중얼거리며 분노했다. 이건희를 분노하게 한 것은 그것만이 아니었다. 삼성그룹 사내 방송팀이 제작한 비디오테이프가 그에게 전달되었는데, 삼성전자의 세탁기 조립 과정을 담은 30분짜리 영상물이었다.

세탁기를 조립하는 과정에서 납품된 세탁기 뚜껑 여닫이의 플라스틱 부품이 크기 차이로 맞지 않자 현장 직원은 거리낌없이 칼로 도려낸 뒤 조립했다. 작업 방식은 다른 사람이 와도 마찬가지였다. 부품의 결점을 대수롭지 않게 여기는 직원들의 태도에 이건희는 분노와 실망감을 감출 수 없었다. 그는 서울 본사 비서실에 전화를 걸어 사장들과 임원들을 프랑크푸르트로 집결시키라고 지시했다.

임직원들을 소집시킨 자리에서 그의 표정은 금방이라도 무슨 일을 벌일 것처럼 심각했다. 잔뜩 얼어붙은 회의장 분위기에 임직원들은 잔뜩 긴장했고 이건희는 날이 선 목소리로 말했다.

"내가 그동안 품질경영을 그렇게 말했건만 이것이 제대로 된 질경영입니까? 대체 그동안 무슨 생각으로 일을 해왔습니까? 이렇게 해가지고 어떻게 우리 삼성이 새롭게 변화할 수 있겠습니까?"

이건희의 눈에서 분노의 불길이 치솟았다. 뒤이어 그는 공장가동을 중단하는 일이 있더라도 올해 안으로 품질을 세계 수준으로 끌어올리라고 지시했다. '마누라와 자식만 빼고 다 바꾸라'는 말도 여기서 나온 말이다. 그로부터 20년이 흐른 지금 삼성은 비약적인 발전을 이루었다.

현재 삼성의 브랜드 가치는 전 세계가 인정할 정도로 성장했으며 세계 경제 중심에 우뚝 선 글로벌 기업이 되었다. 삼성의 눈부신 성장은 변화만이 살 길이라며 목에 힘주어 외치던 그날의 결과이다.

■ 김옥림의 「명언으로 읽는 100명의 인생철학」에서

아무도 가지 않는 길을 가는 일은 참으로 외롭다. 더구나 무수한 사람들의 비난을 들으면서도 자신의 신념대로 밀고 나간다는 것은 더욱 힘들 수밖에 없다.

무모할 만큼 공격적인 삼성전자의 투자는 삼성 반도체 기술을 세계 최고로 만들었다. 1992년 세계 최초로 64 D램 개발에 성공한 이후 반도체 분야에서 20년 가까이 부동의 1위 자리를 지키고 있다.

▲ 무쇠 솥의 뚝심은 강인함의 상징이다. 오래됐지만 그럴수록 더욱 친근하다.

끈질기게 따라붙던 세계의 후발주자들은 더 이상 삼성을 비롯한 한국 반도체 업체의 기술력과 공격 경영을 감당하지 못하고 반도체 구조를 재편했다. 게다가 삼성은 더욱 기술 개발에 박차를 가해 2위 그룹과 격차를 더 벌려놓았다.

메모리 반도체는 이제 컴퓨터를 넘어 디지털카메라, MP3, 이동식 저장장치, 일상 전자제품 등 수많은 전자기기에 사용돼 성장성이 무궁무진하다.

이병철 회장의 말대로 "투자가 늦으면 영원한 후발주자"가 될 수밖에 없는 일이다. 이병철 회장의 철두철미한 계산에 따른 총진군은 삼성전자를 세계 초일류기업으로 만들었다.

그리고 그 가운데 선봉이 바로 이병철 회장의 3남인 이건희 회장이었다. 이병철 회장이 반도체 사업을 결정했지만 1970년대 후반 사업을 강력하게 추진하고 자료를 수집한 인물은 이건희 회장으로 알려져 있다.

1987년 이병철 회장이 사망하면서 그룹 회장직을 이어받은 그는 1993년 삼성의 '신(新) 경영'을 선언하면서 조직문화에 일대변혁을 이끈다.

독일 프랑크푸르트에서 선포한 그의 혁신경영 방침은 "자식과 마누라 빼고 다 바꾸라"는 말에서 알 수 있듯이 큰 개혁을 예고한 것이었다.

그러나 이건희 회장의 마음을 바꿔 삼성전자의 오늘로 만든 장본인은 일본인이었다는 사실이 재미있다. 위의 글에 나온 것처럼 후쿠다 타미오 디자인 고문이 이 회장에 직언한 덕분이다.

결국 일본 소니의 아성을 무너뜨린 아이디어를 제공한 주인공이 같은 일본인이었다는 배후가 아이러니하다.

아닌 게 아니라 이 부분은 많은 것을 생각하게 해준다. 그래서 세상은 알 수 없다.

혹여 지금 누군가 삼성의 아이디어를 인도나 중국으로 몰래 넘기는 한국인은 없을까?

더 큰 것을 얻기 위해서

회개하기는 참으로 어려운 일입니다. 잘못한 것을 바로잡기도 어렵습니다.

많은 사람들이 회개하는 것에 대해서 어렵다고 말하고, 또 실제적으로 너무 어렵기 때문에 회개한다는 것에 대해서 용기를 내지 못합니다.

'복수불반분(覆水不返盆)'이라는 말이 있습니다. "엎질러진 물은 다시 그릇에 담을 수 없다"는 뜻으로 쓰이는 말입니다.

곧은 낚시로 유명한 태공망(太公望)이 독서만 하고 집안 살림을 돌보지 않아서 아내가 이혼장을 써 던져놓고 친정으로 가서 돌아오지 않았답니다. 태공망은 계속해서 학문에 정진하여 나중에 제후가 되었습니다.

그의 벼슬이 높아지자 그를 떠났던 아내가 찾아와 다시 예전의 사이로 돌아가기를 청하자, 물 한 그릇을 떠서 흙에 붓고 다시 주워 담으라고 했다고 하는 고사에서 비롯된 말입니다.

흙에 엎질러진 물을 다시 그릇에 주워 담을 수는 없습니다. 그러나 큰 그릇을 받쳐두고 다시 잘 담을 수 있도록 준비되어 있는 때에는 약간의 손상은 있으나 대부분 다시 담을 수도 있습니다.

회개는 다시 주워 담을 수 있는 것과 같다는 생각을 합니다. 일반적인 사회에서는 실수나 실패를 만회하기는 어려운 일이고 한

번 잘못하면 용서나 정상으로 돌아오기는 참으로 어려운 일입니다.

그러나 용서해 주시는 분이 있으면 회개가 가능한 일입니다. 회개를 받아들이는 분이 있으면 더 많이 받을 수 있는 이율배반적인 진실이 됩니다. '복수불반분(覆水不返盆)'이 아니라 '복수반분(覆水返盆)'이 되는 것입니다.

회개한다는 것은 엎질러진 물이라도 다시 주워 담을 수 있는 것입니다. 다시 주워 담을 때는 복음으로 인한 행복이라는 엄청난 선물을 받는 것입니다. 회개는 잘못을 뉘우치는 것만 아니라 새로운 생명을 선물 받는 은총의 과정입니다.

오늘 복음에서 주님은 당신의 제자들을 부르십니다. 제자들은 생업(生業)을 포기하고 주님을 따릅니다.

회개는 이처럼 하나를 포기하고 더 많은 것을 얻는 것입니다. 아주 큰 것을 포기하고 잃었지만 그보다 더 크고 훨씬 좋은 것을 얻는 은총의 아름다운 과정입니다.

▣ 나상호의 「자전거 타고 가며 보는 세상」 중에서

●思索●

회개는 죄스런 생활 태도에서 탈피하여 하느님께 귀의하는 일이다. 이 글에서도 말하고 있지만 회개란 어려운 일이라고 한다.

"회개하라, 천국이 가까웠느니라"(마태복음 4:17)

이 외침은 예수가 복음의 공생애를 시작하며 가장 처음 하신 말씀이다.

'돌이켜 고침을 받는다'는 의미의 회개는 신앙인들에게 매우 중요한 부분이다. 생을 마감하는 날까지 그칠 수 없는 숙제이기도 하다. 그만큼 천국을 소망하는 사람들에게 회개는 필수적이다.

좋은 인생의 벗은 때로는 백 마디 말보다 눈빛 하나로 충분히 내 마음을 전할 수 있는 사람이다.

먹먹한 가슴으로 긴 한숨을 내쉬어도 그 이유를 묻지 않으며, 그저 말없이 등을 토닥여줄 수 있는 그런 보석 같은 사람이다.

충분히 보상받았다고 믿었던 풍진 세월 앞에서 손가락 마디마디 곬 깊은 주름을 보며 삶의 길모퉁이에서 서럽게 울어야 했던 인생이다.

사람들은 세상이 자신을 배신하고 떠날지라도 소중한 벗이 곁에 남아 있길 바란다.

꿈과 희망 그리고 기쁨, 또한 무거운 인생의 짐까지도 함께 나누며 서로 멋진 경쟁자가 될 수 있는 그런 소중한 인생의 벗이 그립다.

우리 모두 누군가에게 행복을 주는 사람이 되었으면 한다. 행복은 배려하는 나로부터 전염되는 행복한 마음의 향기이다.

■■■■■■■■■■■■■■■■■■■■■■■■■ ☼ ■■■■■■■■■■■■■■■■■■■■■■■■■

삶을 지혜롭게 만드는 인생의 법칙

1. 통제의 법칙 (The Law of Controal)

자신이 삶을 제어하고 있다고 생각하면 스스로 긍정적인 느낌을 갖게 되지만, 외부의 어떤 것이 자신을 제어하고 있다고 생각하면 부정적인 인식을 갖게 된다.

이를 심리학에서는 '통제의 원천이론'이라고 부른다. 거의 모든 스트레스와 불안, 긴장 그리고 이로 인한 신체 질환은 자신의 삶의 영역을 제어할 수 없다고 느끼거나 실제로 제어할 수 없을 때 초래된다는 것이 이론의 핵심이다.

2. 인과의 법칙 (The Law of Cause and Effect)

'우주의 철칙'이라고도 한다. 세상에 우연한 일이란 없다. 뿌린 대로 거두듯이 모든 결과에는 분명한 이유가 있다는 것이다. 삶에 원치 않는 결과가 생겼다면 원인을 추적해 제거하라. 어둠을 탓하기 보다는 한 자루 촛불을 켜라.

3. 신념의 법칙 (The Law of Belief)

될 수 있다는 믿음이 강할수록 이루어질 가능성이 커진다. 크게 성공할 것이라고 믿으면 큰 어려움에도 좌절하지 않지만, 성공에 운이 달렸다고 믿으면 작은 실패에도 좌절하고 만다.

말할 필요도 없이 낙관적인 신념을 가진 사람들이 미래를 설계하고 창조한다.

그들은 긍정적이고 쾌활하며, 세상을 밝고 살기 좋은 곳이라고 믿는다.

4. 기대의 법칙 (The Law of Expectations)

같은 학생이라도 선생님이 높은 기대를 하는 학생이 성적이 더 좋다. 이를 피그말리온 효과라고 한다.

자신에게 스스로 기대하는 정도가 바로 자기 성장의 한계이다. 부모의 자식에 대한 기대, 상사의 직원에 대한 기대, 자녀와 배우자에 대한 기대 그리고 자기 자신에 대한 기대가 어떠한 상황에서도 자신에게 유익하다고 생각하는 것만으로도 우리 주위는 긍정적인 에너지로 가득 차며 삶 전체가 바뀔 것이다.

5. 인력의 법칙 (The Law of Attraction)

인간은 살아 있는 자석이다. 두 대의 피아노 중 한 대를 치면 다른 피아노도 같은 소리를 낸다. 이는 공명의 원리이다.

행복한 사람은 행복한 사람을 끌어들이고 풍요로움을 생각하는 사람은 돈을 벌 수 있는 아이디어와 기회를 끌어당긴다.

생각이라는 씨앗을 뿌리면 행동이 열리고, 행동은 습관을, 습관은 운명을 결정한다.

6. 상응의 법칙 (The Law of Correspondence)

외부세계는 내부세계를 비추는 거울이다. 외부세계를 영구히 바꾸는 유일한 길은 내면을 바꾸는 것뿐이다.

스스로에게 가장 중요한 질문은 내가 소중히 여기는 이들로부터 존중을 받으며 살기 위해 나는 어떤 사람이 되어야 하는가이다.

7. 마음 등가의 법칙 (The Law of Mental Equivalency)

생각이 곧 사물이다. 인간이 생각을 지배하지만 생각이 다시 우리를 지배한다. 생각을 바꾸면 인생이 바뀐다. 이 모든 혁명은 자기 내부의 생각으로부터 시작된다.

■ 브라이언 트레이시의 「성취심리」 중에서

◗思索◖

앞의 글을 보고 문득 '이런 좋은 사람이 되게 하소서'란 기원의 글이 떠오른다.

"이기적이 아닌 온유함으로 내적 감정을 지배할 줄 아는 사람, 그리우면 그립다고 말하고 어려운 속에서도 긍정과 희망을 찾아 애쓰는 사람, 다른 사람을 위한 배려로 호탕하게 웃을 줄 알고 화려한 옷차림이 아니더라도 편안함을 주는 사람, 때와 장소에 맞는 적절한 말로 마음을 녹이고 겉보다는 마음을 읽을 줄 아는 사람, 살아가는 동안 인생이 한번뿐이지 성공의 기회가 한번뿐이 아님을 확신하는 사람, 제 가슴에 담겨 있는 모든 이가 이런 좋은 사람이 되게 하소서!"

그래도 "가장 훌륭한 삶을 산 사람은 살아 있을 때보다 죽었을 때 이름이 빛나는 사람이다"는 말은 여전히 마음을 아프게 한다. 왜 사람은 죽어서야 빛나는 것일까? 호랑이가 죽어서 빛나는 가죽을 남기듯이….

왜 부자들은 모두 신문배달을 했을까

세계적인 마케팅 컨설턴트 제프리 J. 폭스는 우연한 기회에 유명한 기업들의 CEO들이 대부분 신문배달을 한 사실을 알았습니다.

그는 인터뷰를 통해 이들이 신문배달을 통해 배운 것을 다음과 같이 '신문배달 10계명'으로 만들었습니다.

제프리 폭스는 이 가르침이 모든 경영의 기본이자 자기 관리의 기본이 된다고 말했습니다. 신문 배달은 작은 일이지만 이처럼 많은 노력과 헌신이 필요한 일입니다.

1. 절대로 빼먹어선 안 된다.
2. 시간이 생명이다.
3. 아프지 않게 몸을 관리해라.
4. 휴가를 함부로 쓰지 말라.
5. 캠프도 가지 말라.
6. 비에 젖어 찢어진 신문은 있을 수 없다.
7. 자전거를 관리해야 신문을 잘 돌릴 수 있다.
8. 길을 절대로 잃어버려선 안 된다.
9. 피곤한 생활 습관을 버려라.
10. 변명은 통하지 않는다.

▣ 제프리 J. 폭스의 「왜 부자들은 모두 신문배달을 했을까」 중에서

●思索●

세상에 쉬운 일이란 없다.

그 어떤 일이든 사명감을 갖고 일한다면 비로소 직업이란 타이틀을 갖게 된다.

직장에 다니는 것과 직업을 갖는 것은 엄연한 차이가 있다.

내 일에 자부심을 가지고 있어야만 직업이 있다고 말할 수 있다. 그렇지 않다면 그냥 직장에 다니는 것일 뿐이다.

당신은 지금 직장에 다니는지, 아니면 직업을 가지고 있는지?

하루에도 여러 번 나는 자신을 돌아본다.

해야 할 일은 충실히 실행하였는지, 또 친구들에게 신의를 잃는 행동을 하지 않았는지, 또 내가 배운 것을 몸소 실행에 옮겼는지 말이다.

위에서 제프리 폭스가 유명한 기업인들 대다수가 어린 시절 신문 배달을 했다는 재미있는 통계를 발표했지만 사실 쉬운 일이 아니다.

신문 배달이 어려운 일인 이유를 10가지 들었지만 실로 이것을 제대로 실천하면 그 길이 곧 성공으로 가는 지름길이다.

성공을 정말 원한다면 이 신문배달의 10가지 원칙을 좌우명으로 삼기 바란다.

아름답게 늙는 삶의 지혜

1. 젊음을 시기하지 말고 젊은 사람을 많이 접하라. 젊은 세대와 같이 활동하고 한두 가지 취미생활과 운동을 꾸준히 하라. 쓸데없는 참견이나 사소한 말에 섭섭해 하지 말라.

2. 모두가 친절하게 대하면 내가 늙었다는 것을 자각하라. 입 냄새. 몸 냄새에 신경 쓰고 외출 때 껌을 씹거나 사탕 등을 준비하라. 화장실을 사용할 때는 문을 꼭 닫고 항상 지퍼를 조심하라.

3. 일용품은 새것으로 교체하고 노신사답게 옷을 입어라. 정장은 언제나 자신에게 활기를 준다. 체력이 좋고 보약 많이 먹는다고 오래 사는 것은 아니다. 평균나이를 산 노인은 누가 먼저 갈지 예측 못한다.

4. 자기의 노후를 포기하면서 자식들을 위해 사는 건 불행하다. 자식과는 멀리 떨어져 살아야 부모는 산다. 자식에게 기대지도 말고 유산을 남겨주는 것은 더욱 안 좋다. 더 늙기 전에 여행, 레저 등을 실컷 즐기고 이성친구도 있으면 좋다.

5. 컴퓨터, 핸드폰, 기계 등 사용법을 적극적으로 배워라. 약간의 불편함을 감수하더라도 익혀라. 컴퓨터를 알면 인생이 즐겁다는 말이 있다. 배우려고 하지도 않고 포기하는 것은 노화를 앞당긴다.

6. 칭찬, 흉보는 말을 주의하라. 여러 명이 있는 데서 없는 사람을 칭찬하거나 흉보지 말라. 이중성이 있는 사람으로 자기에게

부메랑이 된다. 자식이나 아랫사람을 격려하거나 꾸중할 때는 조용히 당사자에게만 하는 게 좋다.

7. 평균수명이 차면 공직은 탐하지 않는 게 좋다. 경험과 지식만으로 젊은 세대를 따르기는 어렵다. 명예직은 좋으나 직접 책임지는 일은 나서지 않는 게 낫다.

8. 노인이라는 사실을 실패의 변명거리로 삶지 말라. 노인이니까 책임을 회피하면 안 된다. 준법을 지키고 노인이라고 대우받으려 하면 도리어 미움을 받는다.

9. 나이 들어 인품 있게 살려면 입은 닫고 지갑은 열어라. 70 이후에는 돈을 벌기보다는 쓰라. 쓸 돈이 부족하면 자식 눈치 보지 말고 '주택담보 연금' 등을 이용하는 것도 한 방법이다.

10. 우리 몸의 세포도 그러하듯 낡은 것은 새로운 것으로 바꾸고 헌옷은 입지 말라. 수년 동안 쓰지 않는 물건이나 의류는 필요한 사람에게 줘라. '언제 죽을지 모르는데 새 것을 사면 뭘 하나'라는 생각은 자신을 더욱 고루하게 만든다.

11. 가난과 거지 근성을 버려라. 자신이 갖고 있는 돈을 제대로 보람 있게 쓰지 못하고 궁색하게 살다가 죽는 건 불쌍한 인생이다. 정부가 주는 노인복지 혜택은 꼭 받을 사람이 받아야 한다. 나도 받고 보자는 생각은 버려야 한다.

12. 건전한 사회단체나 친목 활동 등에 적극 참여하는 것이 좋다. 친구를 많이 두고, 남의 경조사에 빠지지 말고 다녀라. 손주 봐준다고 동창회나 모임에 못 나가는 것은 바보이다.

13. 젊어서 배우지 못한 것이 한이 돼서는 안 된다. 국가와 사회에 공헌하며 인품을 쌓고, 가정평화와 자식 잘 키우고 정의롭게 살면서 타인들로부터 신뢰와 존경을 받으면 성공한 것이다.

14. 친구나 가족이 먼저 죽더라도 태연해라. 친한 친구의 죽음

에 충격을 받겠지만 남의 일이 아니므로 담담하게 생각하고, 장례식장에서 슬피 울지 말라. 마음으로 위로하고 명복을 빌면 된다.

15. 지나간 이야기는 정도껏 한다. 반복되는 유머나 옛날이야기는 상대를 피로하게 하거나 관심을 잃게 한다. 혼자만 말하지 말고 상대에게 말할 기회를 주는 자세가 필요하다.

16. 눈, 비, 바람을 두려워하지 말라. 강풍이나 폭우가 쏟아지는 날은 외출을 삼간다. 그러나 노인이라고 해서 자연현상에 위축될 필요는 없다. 약속은 비바람이 불어도 지켜야 한다.

17. 노인은 일찍 자고 일찍 일어나는 것이 좋다. 아들·며느리·손자에게 존경받는 어른이 되어야 하고, 세상 돌아가는 것을 모르면 안 된다. 일어나는 즉시 조간신문을 보는 것이 습관화돼야 한다.

18. 살 만큼 살고 언제 죽어도 괜찮다고 생각할 때 유서를 써둬라. 어차피 죽음도 누구나 겪는 삶의 일부이다. 나이가 들면 길섶의 풀 한 포기나 담쟁이의 보잘것없는 단풍도 감동을 주기에 충분하다.

19. 늙어가는 과정을 자연스레 받아들이고 최후는 운명에 맡기는 것이다. 중병으로 시한부 생명이 되기 전에 미리 '사전의료 의향서'를 작성해 두는 게 죽음의 마지막 미덕이다.

　　　◼ 소노 아야코(曾野綾子)의 「아름답게 늙는 삶의 지혜」에서

●思索●

　주변을 살펴보면 과거를 못 잊어 괴로워하는 사람들이 많다. 그들은 활력을 잃고 무기력한 삶을 산다. 그 이유는 그들이 가진

에너지를 과거의 일이나 사람들에 대한 분노에 쓰기 때문이다.

그것이 감정의 소모이든 에너지 낭비이든 과거에 연연하는 것은 엄청난 손해이다. 우리는 흔히 미래를 바라보며 살아야지 과거에 집착하면 안 된다고 쉽게 말한다.

물론 그것이 그렇게 말처럼 호락호락한 것은 아니다. 하지만 성공한 사람들의 공통점은 바로 과거의 흔적을 훌훌 털어버리고 장밋빛 미래를 상상하며 전진한다.

행복한 인생을 사느냐 마느냐는 과거에 연연하는 습관으로부터 얼마나 자유로울 수 있는가에 달려 있다.

모든 일에는 순서가 있는 법이다. 체념하기까지는 많은 힘이 들겠지만, 과거에 얽매여 있을 시간에 미래를 향하여 전진하는 시간이 더 아름답다.

나이가 인생 후반전으로 가면서 가슴에 닿는 말은 "비굴해지지 말고, 고집스러워지지 말고, 편견을 갖지 말라"는 것이다.

결론적으로 삶을 긍정적으로 가지고 살겠다는 뜻이다. 그러나 그것이 마음대로 잘되지 않으니 탈이다.

그래서 아름답게 늙는 일은 참으로 쉽지 않은 숙제이다.

자신의 삶과 닮은 얼굴

혹시 가까운 곳에 거울이 있다면 그 속을 좀 들여다보십시오.

그 거울 속에 있는 얼굴의 표정과 빛을 보십시오.

얼굴은 마음의 거울이요.

자신이 살아온 삶의 과정들을 닮고 있습니다.

슬픈 일이 많았다면 슬픔이 담겨 있을 것이고 고통스러운 일이 많았다면 내 얼굴 어딘가에 고통이 배어 있을 것입니다.

평소 마음에 켠 촛불로 자신의 내면을 골고루 들여다보며 살피는 공부를 해 온 사람은 그 얼굴이 온화하고 편안할 것입니다.

그러나 그 빛을 밖으로 향해 항상 타인에 대한 옳고 그름만을 가려왔다면 그 얼굴엔 결코 평화나 기쁨이 담겨 있지 않을 것입니다.

그 공부를 하는 데는 많은 준비물이 필요하지 않습니다.

거울 하나, 초 한 자루면 될 것 같습니다.

쉴 새 없이 열심히 밖으로 뛰어다닌 자신을 불러 들여 오랜 만남을 통해 대화를 해 보십시오.

당신의 얼굴빛과 표정이 평화로워지고 눈빛이 맑아지는 변화를 확인하십시오.

■ 이원조의 「마음 속 길들이기」에서

●思索●

'마음을 밝히는 보배로운 거울'이라는 뜻이 담긴 「명심보감(明心寶鑑)」에는 "얼굴 아는 이는 천하에 가득하되 마음을 아는 이는 몇이나 될까"라는 구절이 나온다.

그만큼 얼굴은 알기 쉽지만 마음을 알기가 어렵다는 얘기다. 열 길 물속은 알아도 한 치 사람의 마음속은 모른다.

하지만 작가는 여기서 '얼굴은 마음의 거울'이라며 거울로 자신의 얼굴을 들여다보라고 한다.

그러면 각자 슬프고 고통스런 얼굴, 노하고 편안한 얼굴 모습이 비쳐진다고 한다.

전자는 평소 생활에서 겪은 슬픔과 고통을 액면 그대로 받아들인 반면 후자는 평소 마음에 켠 촛불로 자신의 내면을 들여다보고 살피는 공부를 한 결과라고 평한다.

이런 공부를 하는 데 거울 하나와 초 한 자루면 된다고 한다. 참으로 어려운 마음공부이다.

나를 바꾸는 지혜의 말

거절당하고 실망하게 되더라도 연연하지 말자.

나는 매일 모든 면에서 강해지고 있다.

오늘은 어떤 누구도, 어떤 곳에서도, 어떤 것도 나의 기쁨을 앗아갈 수 없다.

나의 기술과 재능만으로도 원하는 삶으로 바꿀 수 있다.

오늘도 평화와 조화, 사랑이 충만한 하루가 될 것이다.

긴장과 두려움은 모두 버리자.

좌절하지 말고 해결책을 모색하는 사람이 되자.

"끝까지 해내겠다"는 자세로 살아가자.

열정을 가지고 끊임없이 노력해서 오늘의 일을 훌륭하게 끝내자.

내가 찾고 있는 것은 동시에 나를 찾아오고 있다.

그러니 항상 내가 무엇을 생각하고 믿는지 내가 무엇을 말하고 행하고 있는지 각별히 주의하자.

내 주변에는 많은 정보와 기회들이 흘러넘치고 있다.

이로움은 기대한 곳과 기대하지 못했던 곳에서 다가온다.

오늘 나는 모든 어려움과 난관을 인내하고 극복할 것이다.

지금보다 더 놓은 곳을 향하여 모든 도전을 받아들일 것이다.

■ 주얼 D.테일러의 「나를 바꾸는 데는 단 하루도 걸리지 않는다」에서

●思索●

삶이 어렵고 힘들수록 필요한 것이 긍정적인 마인드이다.

하지만 누구나 알고 있는 긍정적인 생각·말·행동은 그냥 하루 아침에 만들어지는 것이 아니다.

신비스런 알약을 먹는다거나 많은 것을 가졌다고 해서 생기는 마음도 아니다.

당신이 억만금을 준다고 해도 살 수 없는 원천적인 생명 에너지와 같다. 이것은 어떤 악조건 속에서도 절망을 희망으로 바꾸는 놀라운 능력을 지니고 있다.

어떤 사람은 이것을 200% 활용해 어려움을 행복으로 승화시키지만, 혹자는 절반도 활용하지 못해 불행으로 만든다. 이는 각자에게 주어진 마술 램프인 격이다.

모든 일에는 긍정적인 의미가 있다는 것을 매순간 자각해야 한다. 실패를 뼈저리게 느낀 사람은 더 이상 그런 실패를 반복하지 않는다.

당신의 몸이 병든 것은 이제 잘못된 식습관과 행동에서 벗어나라는 신호이다.

스스로 보기에도 나쁜 나를 바꿀 수 있는 최선의 길은 결국 긍정적 마인드밖에 없다.

진정 지혜로운 사람

하루의 길 위에서 어느 것을 먼저 해야 할지 분별이 되지 않을 때, 중요한 결정을 내려야 하지만 어찌할 바를 모르고 망설임만 길어질 때, 어떤 사람과의 관계가 불편해서 삶에 평화가 없을 때, 가치관이 흔들리고 교묘한 유혹의 손길을 뿌리치기 힘들 때 지혜를 부릅니다.

책을 읽다가 이해가 안 되는 때에도, 글을 써야 하는데 막막하고 아무 생각도 나지 않을 때에도 지혜를 부릅니다.

사람과 사람 사이의 중간역할을 할 때, 남에게 감히 충고를 할 입장이어서 용기가 필요할 때, 어떤 일로 흥분해서 감정의 절제가 필요할 때에도 "어서 와서 좀 도와주세요"하며 친한 벗을 부르듯이 간절하게 지혜를 부릅니다.

진정 지혜로운 사람은 어떤 사람일까요?

항상 예의 바르게 행동하지만 과장하지 않고 자연스런 분위기를 지닌 사람, 재치 있지만 요란하지 않은 사람, 솔직하지만 교묘하게 꾸며서 말하지 않는 사람이 있습니다.

농담을 오래 해도 질리지 않고 남에게 거부감을 주지 않는 사람, 자신의 의무와 책임을 남에게 미루지 않는 사람, 들은 말을 경솔하게 퍼뜨리지 않고 침묵할 줄 아는 사람이 있습니다.

존재 자체로 평화를 전하는 사람, 자신의 장점과 재능을 과시하거나 교만하게 굴지 않고 감사하게 나눌 준비가 되어 있는 사람, 타인의 입장을 먼저 배려하기에 자신의 유익이나 이기심은 슬쩍 안으로 감출 줄 아는 사람 등등 많습니다.

생각나는 대로 나열을 해보며 지혜를 구합니다.

지혜의 빛깔은 서늘한 가을 하늘빛이고 지혜의 소리는 목관악기를 닮았을 것 같지 않나요?

■ 이해인의 「지혜를 찾는 기쁨」에서

◖思索◗

이 세상은 지혜로운 사람과 지혜롭지 못한 사람으로 대별된다. 또한 어떤 면에서 볼 때 우리 사회의 갈등은 지혜로운 사람과 그렇지 못한 사람의 의견 차와 반목에서 비롯된 것일지도 모른다.

그들은 서로 자신의 생각이 옳다고 믿는다. 심지어 나중에 특린 것임을 알아도 쉽게 긍정하지 않는다. 참으로 지독한 동물적인 인간의 갈등이다.

하지만 결국 세상 이치는 지혜로운 자가 이기게 마련이다. 물론 그 와중에 이어지는 여러 가지 현란한 전쟁이 피곤한 것은 어쩔 수 없는 숙명이다.

소크라테스는 지혜로운 사람의 태도에 대해 '무엇을 아는지를 알며 동시에 무엇을 알지 못하는지를 아는 것', "특히 자신이 아는 것보다 더 많이 알고 있다고 생각하는 오만과 행동으로 옳기기에는 너무 적게 알고 있다고 생각하는 불안의 균형을 유지하는 것"이라고 강조했다.

지혜로운 사람은 공통된 특징이 있다.

먼저 지혜로운 사람은 지식에 근거하여 행동하되 그것이 합당한지 의문을 제기하고, 가진 지식의 한계를 이해하고 인정한다.

또한 그의 지식이 많더라도 겸손하게 다른 사람들의 도움을 구하고 받아들인다.

특히 다른 사람들을 돕는 데 앞장서고 늘 호기심에 차 있다. 묻고 듣는 것은 물론 특정사건, 정보 등 새로운 것을 주변 사람들로부터 끊임없이 배우려고 노력한다.

불교에서는 어리석음을 치라고 한다. 무명이라고 한다. 그것은 돕고 돕면서 자기와 타인에게 큰 피해를 주는 탓이다.

지혜로운 사람이라면 마땅히 자신의 허물을 볼 줄 알아야 한다. 그런 잘못 속에서 반성하고 참회함으로써 올바른 길로 나아감을 알게 된다.

자기에 대해 항상 점검할 수 있는 마음의 자세가 필요하다. 그렇지 않으면 자신이 파놓은 구덩이에 스스로 빠질 수도 있다.

행복한 아름다운 마음

행복과 불행은 모두 내 마음에 달려 있습니다.

우리가 살아가는 동안 내내 행복할 수는 없습니다.

소나기가 퍼붓는 사이에 잠깐 나타났다 사라지는 태양이 더 밝아 보이듯 고통 중에도 행복은 잠깐이나마 숨어 있습니다.

길게 느껴지는 행복 속에도 불행이 숨어 있지만 행복의 모습에 가려 지나갈 뿐입니다.

늘 행복도 없고 늘 불행도 없습니다.

우리가 행복하려면 불행을 인정하되 늘 희망을 잃지 않아야 합니다.

참 행복을 위하여 잠깐씩 보여지는 행복 쪼가리들을 소중히 여기며 땀 흘리는 고통 속에서도 언뜻 불어오는 한 줄기 바람에 상쾌함을 느끼듯이 그 작은 행복들을 모아 기쁨을 연출할 줄 아는 아름다운 마음의 기교로 살았으면 좋겠습니다.

■ **최복현의 「세상살이」에서**

●思索●

행복과 불행은 인생 항로에서 각자 제대로 방향 잡고 운항 중인지를 가늠하는 척도이다.

행복한 삶은 불행한 그것과 정반대의 경우로 인생살이에서 극과 극이다.

하지만 글쓴이는 여기서 행복과 불행은 모두 자신의 마음에 달려 있다고 말한다.

우리의 전 인생에서 행복과 불행이 교차하기 때문에 온전히 받아들이라는 뜻이다.

요컨대, 행복을 얻는 방법은 단 하나밖에 없다. 그것은 곧 자신을 마음대로 움직일 수 있는 힘을 기르는 것이다.

왜냐하면 행복이란 외적 조건에 의해 얻어지는 것이 아니라 자기의 마음가짐에 따라 얻거나 놓칠 수 있기 때문이다.

행복한 사람

사랑하고 있는 사람은 행복합니다.
미워하고 있는 사람은 불행합니다.
나에게 사랑이 있으니 나는 행복한 사람입니다.
꿈이 있는 사람은 행복합니다.
꿈이 없는 사람은 불행합니다.
나에게 꿈이 있으니 나는 행복한 사람입니다.
시작을 생각하는 사람은 행복합니다.
끝을 생각하는 사람은 불행합니다.
나는 항상 새롭게 시작하고 있으니 나는 행복한 사람입니다.
정직한 사람은 행복합니다.
거짓된 사람은 불행합니다.
나는 정직하게 살고 있으니 나는 행복한 사람입니다.
좋은 말을 전하는 사람은 행복합니다.
나쁜 말을 전하는 사람은 불행합니다.
나는 좋은 말만 전하니 나는 행복한 사람입니다.
성실하여 일이 좋은 사람은 행복합니다.
게을러 일이 싫은 사람은 불행합니다.
나는 일이 좋고 성실하니 나는 행복한 사람입니다.
부모님이 귀하고 가족을 사랑하는 사람은 행복합니다.

부모님이 귀찮고 가족이 싫은 사람은 불행합니다.

나는 부모님이 귀하고 가족을 사랑하고 있으니 나는 행복한 사람입니다.

세상을 믿고 사는 사람은 행복합니다.

세상을 의심하고 사는 사람은 불행합니다.

나는 세상을 믿고 살아가고 있으니 나는 행복한 사람입니다.

　■ 정용철의 「가슴에 남는 좋은 느낌 하나」에서

●思索●

사람은 누구나 행복하길 원한다. 행복이나 불행은 재산과 지위에 따라 결정되지 않는다. '과연 무엇이 행복이며, 무엇을 불행이라고 생각하는가'는 개인의 사고방식에 따라 천차만별로 분리된다.

사람의 행복과 개의 행복은 어떨까? 비교 대상이 될 수는 없지만 개는 사람에 비해 훨씬 순종과 복종을 잘한다. 하지만 인간의 그것은 개와 좀 다르다. 우리 주변에 개를 좋아하는 사람들이 많다. 이는 개처럼 순종하는 가족이 없는 탓일 수도 있다.

다만 여기서 한 가지 주의할 점은 인간이 인간에게 개처럼 맹목적인 복종을 할 이유가 없다는 사실이다. 개는 먹을 것을 얻기 위해 인간에게 무조건 순종할 수밖에 없다. 거기서 묘한 차이를 발견할 줄 알면 이제 마음을 다스릴 차례다.

나의 행복지수는 얼마나 될까? 행복은 노년에 이를수록 더 절실하다. 진정으로 마음의 미소를 찾으면 아집, 독선, 교만에서 멀어질 수 있다. 그때에야 비로소 행복을 논할 수 있는 것이다.

귀한 인연

진심어린 맘을 주었다고 해서 작은 정을 주었다고 해서 그의 거
짓 없는 맘을 받았다고 해서 그의 깊은 정을 받았다고 해서 내 모
든 것을 걸어 버리는 깊은 사랑의 수렁에 빠지지 않기를.

한동안 이유 없이 연락이 없다고 해서 내가 그를 아끼는 만큼
내가 그를 그리워하는 만큼 그가 내게 사랑의 관심을 안준다고 해
서 쉽게 잊어버리는 쉽게 포기하는 그런 가볍게 여기는 인연이 아
니기를.

이 세상을 살아가다 힘든 일 있어 위안을 받고 싶은 그 누군가
가 당신이기를, 그리고 나이기를.

이 세상 살아가다 기쁜 일 있어 자랑하고 싶은 그 누군가가 당
신이기를, 그리고 나이기를.

이 세상 다하는 날까지 내게 가장 소중한 친구 내게 가장 미더
운 친구 내게 가장 따뜻한 친구라고 자신 있게 말할 수 있는 이가
당신이기를, 그리고 나이기를.

이 세상 다하는 날까지 서로에게 위안을 주는 서로에게 행복을
주는 서로에게 기쁨을 주는 따뜻함으로 기억되는 이가 당신이기를,
그리고 나이기를.

지금의 당신과 나의 인연이 그런 인연이기를.

■ **법정(法頂) 스님의 말씀 중에서**

●思索●

　법정 스님의 말씀이 여전히 많은 사람들의 입에 오르내리는 이유는 배울 것이 많다는 뜻이다. 그만큼 여러 층의 사람들로부터 공감대를 느끼게 하는 마력의 힘이 있다.

　법정 스님은 여기서 귀한 인연을 말하고 있다. 소중한 인연이라고 해도 너무 깊이 빠지지 말고, 또 쉽게 포기하지 말라고 조언한다.

　불교에서는 옷깃만 스쳐도 인연이라고 하지만 진정한 인연과 스쳐가는 인연은 구별할 줄 알고, 인연이 아니다 싶으면 억지로 인연을 만들 필요가 없다고 말한다.

　무슨 일이든 억지로 하면 모양새도 잘 안 나오고 매듭도 잘 풀리지 않는다. 이처럼 인간관계도 억지로 양산하는 것보다 인연이 아니면 굳이 얽매일 필요가 없다.

　하지만 그런 인연이더라도 뜻하지 않은 인연이 당신의 생을 온통 바꿔 버리는 것이 인연이 아닐까?

　내가 살아가는 데 꼭 필요한 인연의 수를 채우기 위해 조금 더 시간이 걸리더라도 기다리는 것이다. 나의 좋은 인연이 나타났을 때 허튼 인연들로 인해 스쳐 보내는 실수를 하지 않기 위한 준비 단계이다.

　그래서 지금 누리고 있는 소중한 인연들이 더욱 소중하고 값사하다는 생각이 든다.

마음 속 쓰레기 비우기

마음만 보면 돈만 보이는 것이 아니라 인생이 보이고 우주가 보인다.

그래서 마음을 보면 팔자가 바뀌고 운명이 바뀐다.

돈뿐만 아니라 명예도 사랑도 마찬가지다.

진정으로 사람들로부터 인정받고 싶고 사랑받고 싶고, 괜찮은 삶을 살고 싶으면 먼저 마음을 볼 수 있어야 한다.

거기에 우리가 원하는 모든 것이 들어 있고 보물섬을 찾아가는 지도가 담겨 있다.

마음이 성장하고 발전해야 한다. 마음이 막히면 보이지 않는다.

온갖 편견과 착각, 차별, 오만, 오해, 분노, 미움, 집착 등으로 막힌 마음을 뚫어야 한다.

뚫어서 두루두루 크고 넓게 보는 것이 마음의 성장이다.

나와 사람들 사이를 가로막고 있는 관념이나 편견을 버리고 부정적인 생각을 지워가야 한다.

나를 화나게 하고 외롭게 만드는 생각이나 판단은 버려야 한다.

나만 잘났다는 자만도 버리고 자기가 못났다는 패배의식이나 열등감도 버려야 한다.

마음을 가볍고 편안하게 하지 않는 일체의 생각과 감정들을 하나하나 살펴서 정리해야 한다.

마치 오래된 소지품을 정리해서 쓸 것과 버릴 것을 가려내 집안 구석구석을 깨끗하게 정리하듯이 마음 안에 든 것도 그렇게 정리해야 한다.

　　나를 즐겁게 하고 행복하게 만드는 긍정적인 생각이나 느낌들을 잘 보관하고 나를 화나게 하고 불행하게 만드는 부정적인 생각이나 느낌들은 모두 쓰레기통에 버려야 한다.

　　그래서 우리를 진실로 행복하고 건강하게 만드는 생각이나 감정의 싹들은 더욱 잘 자라도록 키워주고 보살펴주어야 한다.

　　미처 싹트지 못한 좋은 생각들이나 능력은 장애가 되는 것들을 제거해 줌으로써 올바로 자랄 수 있도록 만들어 준다.

　　반대로 우리를 불행하고 괴롭게 만드는 생각이나 감정의 싹들은 뿌리를 뽑고 말려버리는 것이다.

　　또 아직 자라지는 않았지만 곧 자라려고 하는 부정적이고 건강하지 못한 싹들은 아예 자랄 수 없도록 끊임없이 살피고 경계해야 한다.

◼ 서광 스님의 「알몸이 부처 되다」에서

　　●思索●

　　누구나 사람들은 제 마음속에 쓰레기통을 가지고 있다.

　　그리고 그것에 각자 경험한 한계와 걱정, 근심과 불안감을 꾸겨 넣는다. 더불어 믿음과 편안함이란 자물쇠로 꼭 잠가 둔다.

　　하지만 마음속 쓰레기통에 너무 많은 쓰레기가 쌓이면 안 된다.

　　아깝다고 망설이다 보면 정말 소중한 것들조차 쓰레기더미에

파묻혀 훗날 찾기 힘들어진다. 이른바 불필요한 잡동사니들은 과 감하게 버려야 한다.

적당한 시기에 되도록 빨리 마음속 먼지 털기와 쓰레기통 비우기를 끝내야 한다.

그런 다음 남아 있는 것들을 이곳저곳 효율적으로 재배치하고, 상처 난 마음을 치유해야 한다.

이어 마음 대청소의 마지막 단계는 깨끗하게 정리된 마음 방에 행복한 삶의 그림을 걸어둘 차례이다.

다만 그 그림이 거창하고 화려하면 안 되고 작을수록 마음에 부담이 없다.

함께하고 싶을 때

신뢰를 쌓는 데는 여러 해가 걸려도 무너지는 것은 순식간이라는 것을 배웠다.

인생은 무엇을 손에 쥐고 있는가에 달린 것이 아니라 믿을 만한 사람이 누구인가에 달렸음을 나는 배웠다.

우리의 매력이라는 것은 15분을 넘지 못하고 그 다음은 무엇을 알고 있느냐가 문제임도 배웠다.

나는 배웠다. 다른 사람으로 하여금 나를 사랑하게 만들 수 없다는 것을 나는 배웠다.

내가 할 수 있는 일이 있다면 사랑받을 만한 사람이 되는 것뿐이다.

사랑은 사랑하는 사람의 선택이다.

내가 아무리 마음을 쏟아 다른 사람을 돌보아도 그들은 때로 보답도 반응도 하지 않는다는 것을 나는 배웠다.

다른 사람의 최대치에 나 자신을 비교하기보다는 내 자신의 최대치에 나를 비교해야 한다는 것을 나는 배웠다.

그리고 또 나는 배웠다. 인생은 무슨 사건이 일어났는가에 달린 것이 아니라 일어난 사건에 어떻게 대처하느냐에 달려 있다는 것을.

무엇이 아무리 얇게 베어난다 해도 거기에는 언제나 양면이 있다는 것을 나는 배웠다. 그리고 나는 배웠다.

사랑하는 사람들에게는 언제나 사랑의 말을 남겨 놓아야 한다는 것을.

어느 한 순간이 우리의 마지막 만남이 될지 아는 사람은 아무도 없다.

해야 할 일을 하면서도 그 결과에 대해서는 마음을 비우는 자들이 진정한 영웅임을 나는 배웠다.

사랑을 가슴속에 넘치게 담고 있으면서도 이를 나타낼 줄을 모르는 사람들이 있음을 나는 배웠다.

나에게도 분노할 권리는 있으나 타인에 대해 몰인정하고 잔인하게 대할 권리는 없다는 것을 나는 배웠다.

우리가 아무리 멀리 떨어져 있어도 진정한 우정은 끊임없이 두터워진다는 것을 나는 배웠다. 그리고 사랑도 이와 같다는 것을.

내가 바라는 방식대로 나를 사랑하지 않는다 해서 내 모든 것을 다해 당신을 사랑하지 않아도 좋다는 것이 아님을 나는 배웠다.

또 나는 배웠다. 아무리 좋은 친구라고 해도 때때로 나를 아프게 한다 해도 그들을 용서해야 한다는 것을.

그리고 타인으로부터 용서를 받는 것만으로는 충분하지 못하고 때론 내가 자신을 용서해야 한다는 것을 배웠다.

아무리 내 마음이 아프다 해도 이 세상은 내 슬픔 때문에 운행을 중단하지 않는다는 것을 나는 배웠다.

환경의 영향을 받는다 해도 내가 어떤 사람이 되는가는 오로지 나 자신의 책임인 것을 나는 배웠다.

또 나는 배웠다. 우리 둘이 서로 다툰다 해서 서로 사랑하지 않는 게 아님을….

밖으로 드러나는 행위보다 인간 자신이 먼저임을 나는 배웠다.

두 사람이 한 가지 사물을 보더라도 보는 관점이 다르다는 것도 나는 배웠다.

그리고 앞과 뒤를 계산하지 않고 자신에게 정직한 사람이 결국 우리가 살아가는 데서 앞선다는 것을. 내가 알지도 보지도 못한 사람에 의해 내 인생의 진로가 바뀔 수 있다는 것도 나는 배웠다.

그리고 또 배웠다.

이제는 더 이상 친구를 도울 힘이 없다고 생각할 때도 친구가 울면서 내게 매달린다면 여전히 그를 도울 힘이 내게 남아 있음을 나는 배웠다.

글을 쓰는 일이 대화를 하는 것과 마찬가지로 내 마음의 아픔을 덜어준다는 것을 나는 배웠다.

내가 너무 아끼는 사람이 먼저 이 세상을 빨리 떠난다는 것도 나는 배웠다.

타인의 마음을 아프게 하지 않는 것과 나의 믿는 바 입장을 분명히 한다는 것, 이 두 가지 일은 엄격히 구분하기 어렵다는 것, 또 사랑하는 것과 사랑을 받는 것의 모두를 구분하기 어렵다는 것을 나는 배웠다.

▣ 류시화의 「사랑하라 한 번도 상처받지 않은 것처럼」에서

●思索●

이 글은 트라피스트 수도회 출신으로 예수의 작은 형제회를 설립한 샤를르 드푸코의 작품으로 알려져 있다.

또한 오마르 워싱턴의 글에도 나오는 등 많은 이들이 자신의 시라고 주장한다.

확실한 입자가 없는데 그 진위를 정당하게 인증할 방법이란 없다. 아무리 뛰어난 작가가 쓴 글도 이미 예전에 읽은 누군가의 글을 자신도 모르게 모방했는지도 모른다. 그래서 문학계에 모방 없는 창작이 불가능하다는 말이 나온 배경이다.

실로 이 세상의 아름답고 소중한 좋은 문장들이 누구 한 사람의 몫이라고 보기에는 좀 잘못이 있다.

왜냐하면 그들의 감동적인 글들이 오직 한 작가의 창조물이라고 판단할 수 없기 때문이다.

어떤 일에 상대방을 참여시키는 일은 힘과 기술의 영역이 아니다. 참여의 비력은 타인의 삶을 어떻게 바라보는가에 숨어 있다.

내가 먼저 타인을 존중하고 사랑하면 그들이 나와 함께하고 싶어 한다. 그리고 그때야 비로소 진정한 힘이 생긴다.

다른 이의 삶을 귀하게 생각하면 누구나 찾아와 함께하려고 할 것이다. 이것이 바로 좋은 영향력이다.

아무튼 험난한 세상살이에 영원히 함께할 동반자가 있다는 것은 행복한 일이다.

말은 입술의 열매

딸이 아버지에게 묻습니다.

"아빠, 바다는 왜 파랗지?"

"응, 바다는 마음이 푸르니까 파란 거야!"

아이는 바다를 닮고 싶어 늘 푸른 마음을 가꾸면서 자랐고, 어른이 되었을 때는 바다처럼 넓고 푸른 마음의 소유자가 됐습니다.

어렸을 적 아버지의 정겨운 말 한마디가 아이를 밝고 따뜻한 사람이 되게 한 것입니다.

거짓된 말, 불평의 말, 비난의 말, 어두운 말, 부정적인 말, 차가운 말, 상심의 말, 거친 말, 유혹의 말은 사람을 메마르게 하고 마음에 상처를 줍니다.

그러나 진실한 말, 부드러운 말, 긍정적인 말, 감사의 말, 칭찬의 말, 소망의 말, 밝은 말, 따뜻한 말은 우리를 풍요롭게 하고 늘 푸르게 살도록 합니다.

내 입술의 말로 사람들이 상처받는 일이 없도록 합시다. 그 상처는 그 사람을 아프게 한 다음 나에게로 돌아와 나를 더 아프게 합니다.

아이가 자라 어른이 되듯, 말도 자라 자기 이름의 열매를 맺습니다. 내 입술의 좋은 말로 사람들이 기쁨을 얻게 합시다.

▣ 월간 「좋은 생각」에서

●思索●

나이 들어가면서 무심코 던진 말 가운데 불쑥 튀어나오는 부적절한 단어들을 발견하고 '아차, 이것이 아닌데'하며 종종 후회할 때가 있다.

그럴 때면 감사의 말, 칭찬의 말, 소망의 말, 밝은 말, 따뜻한 말로 나 자신부터 기쁘게 해야겠다고 다짐한다.

사람들은 때리거나 꼬집는 등 충격을 줘 아프게 하는 것보다 말로 인한 상처가 더 큰 고통으로 와 닿는 법이다.

정말 내 마음과 같지 않은 사람들로부터 상처받고 마음을 다친다. 나는 누군가에게 상처를 준 말을 해본 적이 없는지 더듬어 본다. 내 감정에 치우쳐 다른 사람의 감정 따위는 헤아리지 못한 적이 없는지 반성해 본다.

▲ 말은 입술의 열매이다. 얼굴 바위가 수많은 세월 동안 말없이 침묵을 지키고 있다.

힘들 때 3초만 웃기

행복해서 노래하는 게 아니고, 노래하니까 행복해진다는 말이 있다. 누구 하나 삶이 힘겹지 않는 사람이 없다.

하지만 어떤 사람은 행복해 보이고, 어떤 사람은 세상의 번뇌를 다 짊어진 것처럼 인상을 쓰는 사람이 있다.

많은 현인들이 말하길 인생은 짧다고 하는데, 그 짧은 삶을 인상을 구기며 살 필요가 있을까?

남들도 힘겨운 삶을 살아간다는 사실을 알고도 웃을 수 없이 불행하다고 생각하는 사람들이 있는데, 이런 사람은 웃을 준비가 안된 사람이 아닐까.

어느 사찰의 스님들은 둥글게 둘러앉아 소리 내어 웃는 '웃음 치료'라는 걸 한다. 이 웃음 치료는 특별한 것이 아니고, 웃을 준비를 하고 있다가 종이 울리면 일제히 웃는 것이다.

그 자리에 모인 스님들은 기분이 좋건 나쁘건 무조건 웃어야 한다. 웃음의 감정은 곧바로 주위로 전염되면서 스님들은 정말 좋아서 즐겁게 깔깔 웃는다. 이런 스님들을 생각하며 이렇게 한번 해보는 것도 좋을 것이다.

지금 자신만이 너무나 불행하다는 생각이 들거든 거울 속의 자신을 향해 한번 웃어보자.

그 웃음으로 인해 하루의 기분이 바뀔 것이다.

어깨 힘을 빼고, 눈을 지그시 감고, 편안하게 웃어보자. 얼굴을 활짝 피고 웃는 것을 반복해보자.

이것을 3초씩 반복하다 보면 아주 좋은 뇌 운동이 된다.

그런 후에 본격적으로 웃어보자. 사람이 웃고 있을 때 몸에서는 많은 변화가 일어난다. 웃으면서 계속 뇌에 집중을 하면 뇌와 가슴이 하나로 연결된다.

가슴에 있는 에너지의 샘이 열리면서 아주 순수하고 평화로운 기운이 온몸으로 퍼진다.

이 에너지에는 몸과 마음의 부정적인 기운을 정화시키는 힘이 있어 근심과 걱정에서 벗어나게 한다.

이제 기쁨에 겨워 어쩔 줄 모르는 표정을 지으며 자신에게 속삭이자. 나는 지금 너무 행복해!

▣ 희망씨의 「세상을 보는 3초의 지혜」에서

●思索●

"웃음이 좋다"는 얘기는 익히 잘 알려져 있다. 가뜩이나 웃을 일이 적은 현대사회를 살아가는 데 웃음은 우리 몸에 긍정적인 효과를 몰고 오는 행복 치료제이다.

웃음은 천연소화제 기능도 한다. 웃으면 위장을 관여하는 미주신경이 자극받아 소화액을 활발하게 분비하는 탓이다.

또한 웃음은 혈액순환을 도와 신장이나비나 심혈관 질환에도 좋다고 알려져 있다. 온몸을 쥐어짜듯 강도가 큰 웃음은 모든 근육운동으로 뱃살까지 빼는 효과도 있다.

웃음은 우리 몸에서 세균·종양과 싸우는 T세포의 활동을 활성

▲ 인간은 의미 추구의 존재이다. 저녁노을이 노년의 말미 같다.

하시켜 면역력을 높인다. 웃음은 혈압과 스트레스 호르몬인 코르티솔 수치를 낮춰준다. 고통을 완화하고 혈당을 안정시킨다.

웃음은 스트레스가 쌓여 영향을 받는 인체의 완충작용을 하도록 뇌의 화학적 변화를 자극한다.

하루 10~15분의 웃음으로 40cal 정도를 태울 수 있다. 웃음은 격렬한 운동 뒤 기분이 좋아지게 하는 화학물질인 엔도르핀이 나오게 한다. 웃음은 인체의 염증을 줄여준다. 신장, 두뇌, 순환계 등 건강에 좋다.

또한 웃음은 내부 장기를 마사지해 준다. '내부 조깅'이라고 말하듯이 운동과 비슷한 효과를 가진다. 웃음은 신장, 폐, 횡경막, 복부에 가벼운 운동효과를 준다. 게다가 행복 호르몬이 분비되어 행복까지 느끼니 금상첨화이다.

그러므로 많이 웃을수록 수명이 연장되는 것은 당연한 이치다.

삶의 역경을 견디는 힘

인간은 가치와 의미를 추구하고 실현하는 존재이다.

인간은 의미 추구의 존재이다.

인간의 가치에는 창조 가치, 체험 가치, 태도 가치의 세 가지가 있다. 그 중에서 가장 중요한 것은 태도 가치이다.

인간은 어떤 환경에도 적응할 수 있다. 인간은 의식과 자유와 책임의 주체이다. 인간은 견딜 수 없고 변화시킬 수 없는 절망적 운명에 직면하더라도 그 상황에 대해서 어떤 태도를 취할 수 있고, 그가 취하는 태도에 따라서 어떤 가치를 실현할 수 있다.

인간은 절망적 상황 속에서도 의연한 자세로 의미 있는 태도를 취할 수 있고, 의미 있는 행동을 할 수 있다.

자유와 책임의 주체인 인간에게 있어서 가장 중요한 것은 인생에 대하여 어떤 태도를 취하고, 어떻게 살아가느냐 하는 것이다.

■ 빅토르 프랭클의 「세상은 꿈꾸는 자의 것이다」에서

●思索●

우리나라 헌법 제10조에는 "모든 국민은 인간으로서의 존엄과 가치를 가지며 행복을 추구할 권리를 가진다"고 규정하고 있다.

174 말은 입술의 열매이다

이 조항은 우리 헌법이 인간의 존엄을 천명한 규정이며, 인간의 고유의 가치를 헌법에 정함으로써 이를 보호하는 것이다.

인간의 존엄과 가치는 모든 국가 권력과 기관을 구속하며, 우리 헌법의 근본 가치 규범에 해당되고 모든 법령의 해석 기준으로 작용한다.

하지만 이렇게 규정되었음에도 인간의 존엄성은 삶의 과정 중에 많은 상처를 받는다. 인간의 가치는 곳곳에서 평가절하당할 수밖에 없다.

보통 가치라고 하면 그 사람의 명예나 돈과 권력 등을 이야기 하지만 결코 그것만으로 모든 것을 평가할 수 없다.

이 세상의 모든 사람은 가치 있는 인간으로 구성돼 있다. 그래서 부와 명예만 바라보고 나의 가치를 판단할 필요가 없다. 또한 그것을 위해 내 삶을 허비할 시간도 없다.

뭔가 나에 대한 정체성이 혼란스러워질 때면 스스로 그런 마음을 다짐해 보라.

절망은 또 다른 희망의 이름

성공은 실패의 꼬리를 물고 온다.

지금 포기한 것이 있는가?

그렇다면 다시 시작해보자.

안 되는 것이 실패가 아니라 포기하는 것이 실패다.

포기한 순간이 성공하기 5분 전이기 쉽다.

실패에서 더 많이 배운다. 실패를 반복해서 경험하면 실망하기 쉽다.

하지만 포기를 생각해선 안 된다.

실패는 언제나 중간역이지 종착역은 아니다.

길이 막혔거든 다른 길로 가라.

내 것이 아니다 싶은 것은 과감하게 포기하고 시간이 걸리더라도 내 것을 찾아 다시 도전하는 것, 삶은 그 시도만으로도 충분히 아름다워질 수 있다.

삶은 언제나 희망을 말한다. 역사를 움직인 사람들은 대부분 생전보다 죽은 이후에 더 고귀한 가치를 인정받았다는 사실에 주목하라.

■ 이대희의 「1%의 가능성을 희망으로 바꾼 사람들」에서

찰리 채플린은 "절망은 마약이다. 절망은 생각을 무관심으로 잠재울 뿐이다"고 말했다. 절망을 느끼면 헤어날 수 없는 자러감에 빠진다는 뜻이다.

작은 체격의 찰리 채플린이 유명배우로 성장하기 이전까지 겪었을 법한 온갖 절망이 문득 눈앞에 스친다.

절망과 희망은 종이 한 장 차이다. 결국 누구나 양쪽 모두 쉽게 찾아올 수 있다는 얘기다. 그런 삶 속에서 인간의 체면 유지가 과연 합당한 것일지 의문이다.

하지만 그렇다고 너무 부정적으로 생각하지 말고 현실을 직시하면서 내 상황에 맞게 긍정적인 사고가 중요하다.

▲ 포기한 순간이 성공 5분 전이기 쉽다. 산 정상에 오르려면 포기하고 싶은 순간이 많다.

희망을 주는 지혜

"물고기를 잡아 주는 것보다 물고기 잡는 법을 알려 줘라."

타인에게 무작정 도움을 베푸는 것은 그 사람의 희망을 꺾어버리는 것과 같습니다. 동정이 깃들어 있는 도움도 소중하겠지요.

그런데 문제는 그런 도움이 이어질 때 그 사람의 의지력이 약해진다는 것입니다.

누구나 간혹 뜻하지 않은 일로 좌절하기도 합니다.

그러나 사람의 가슴속에는 혼자 힘으로 일어설 수 있는 의지력을 지니고 있습니다.

직접적인 도움을 주기보다는 그런 의지력을 불러일으키는 것이 중요합니다.

사람만큼 습관에 익숙한 존재도 없습니다.

처음에는 어렵게 느껴지던 일들도 시간이 지나면서 당연하다는 듯 받아들이게 됩니다.

그러나 우리는 이런 습관을 버릴 줄 알아야 합니다.

그렇지 않으면 습관의 노예로 전락하고 말 테지요.

누군가를 진정 아껴주고 싶은 마음이 있다면 자신을 사랑하는 법을 일깨워 주어야 합니다.

진정 자기 자신을 먼저 사랑하지 않고는 그 어떤 일도 할 수 없기 때문입니다.

자신을 사랑하는 사람은 어떤 일도 해낼 수 있다고 믿는 사람입
니다.

　　　　　　　■ 김태광의 「마음이 담긴 몽당연필」에서

　●思索●

　이 글을 쓴 김태광 작가는 스무 살 빈털터리에서 책 쓰기로 30
대 중반에 억대 수입을 올린 작가로 유명하다.
　새벽시간 활용으로 37살에 125권을 집필해 기네스북에 최초로
등재된 천재 작가이다.
　물고기 잡는 법은 스스로 터득해 행동할 능력을 키워주는 것이
다. 만일 부모가 자식에게 물고기를 잡아주기만 하고 물고기 잡
는 법을 알려주지 않으면 어떨까.
　그 자식은 부모가 없을 때 물고기를 못 잡아 굶을 수밖에 없을
것이다.
　말이나 염소는 물가에 데려갈 수는 있지만 억지로 물을 먹일
수 없다. 그렇듯이 억지로 뭔가 시킬 수 있는 것이 있고, 억지로
해도 안 되는 것이 있게 마련이다.
　밥상을 차려줄 수는 있지만 밥을 떠먹여 주기 힘들다는 말은
곧 아무리 도와줘도 스스로 노력하지 않으면 안 된다는 뜻이다.
　결국 스스로 자신을 사랑함으로써 터득하고 해결할 수밖에 없
다.
　사람만큼 습관에 익숙한 존재도 없다. 결국 성공과 실패의 갈
림길은 그 습관을 어떻게 조절하느냐에 달려 있다.

그대여, 지금 힘이 드시나요?

창문을 열고 하늘을 올려다보세요.

저렇게 높고 파란 하늘색도 조금 있으면 변하게 되어 있습니다.

우리의 삶이 우리의 마음이 저 하늘색만큼 맨 날 변하는 거지요.

변하지 않는다면 우리는 영원히 잠잘 수 없잖습니까?

우리에게 주어진 몫은 어떻게든 치르고 지나는 것, 우리가 겪어야하는 과정이니 누구도 대신해 주지 않는다는 것, 그대와 나 우리는 잘 알고 살아갑니다.

지금 이 고달픔이 내 것이려니 누구도 대신해 주지 않는 내 몫이려니 한 걸음 한 걸음 걷다보면 환한 길도 나오게 될 것이라 믿습니다.

그대여, 지금 힘이 드시나요?

지금 창문을 열고 바람을 쐬어 보세요.

맑은 공기로 심호흡 해보세요.

자연은 우리에게 아무것도 요구하지 않고 그저 주기만 하고 있지 않습니까?

그대가 지금 힘든 것은 더 좋은 것이 그대를 기다리고 있기에 그대의 인생길에서 딛고 건너야할 과정일 것입니다.

그대와 나 그리고 우리는 더불어 살아가는 세상에 살고 있는 것입니다.

인생을 살아볼 가치가 있는, 세월을 이겨볼 가치가 있는 아름다운 곳이 그대와 내가 살았던 세상이라고 함께 웃으며 추억할 날이 오리라 믿습니다.

그대여 용기를 가지세요.

땀방울 맺힌 이마 씻어줄 시원한 바람 두 팔로 안아 보세요.

공짜인 공기 가슴 크게 벌리고 흡입하세요. 그 모두가 바로 당신의 것입니다.

■ 「행복을 느끼면서 살 수 있는 법」에서

▲ 밤의 어둠이 짙을수록 그 빛은 더욱 밝다.

●思索●

영국 작가 올리버골드 스미스는 "희망은 밝고 환한 양초 불빛처럼 우리 인생의 행로를 장식하고 용기를 준다. 밤의 어둠이 짙을수록 그 빛은 더욱 밝다"고 말했다. 희망은 어둠 속에서도 각자의 인생에 용기를 준다는 뜻이다.

미국 프랭크 크레인 목사는 "가장 큰 실수는 포기해 버리는 것, 가장 어리석은 일은 남의 결점만 찾아내는 것, 가장 심각한 파산은 의욕을 상실한 텅 빈 영혼, 가장 나쁜 감정은 질투, 그리고 가장 좋은 선물은 용서"라고 전했다.

하지만 이처럼 일반인이 성직자의 삶을 살 수 있을지 의아할 만큼 자기성찰이 부담스러운 내용이다. 과연 힘들지 않게 살아가는 인생이 있을까?

인간은 태어날 때부터 죽는 날까지 온갖 고통과 기쁨, 슬픔이 교차하게 마련이다. 결국 당신이 얼마만큼 행복한가는 인생관에 달려 있다. 행복이란 뭔가 호사가 있어 기분 좋은 것이 아니라 자발적으로 솟아나는 마음의 상태이다.

요컨대 행복을 느끼는 정도는 꾸준한 연습에 의해 늘릴 수 있다. 행복은 자존심과 마찬가지로 개인의 책인이다. 결국 행복은 당신이 어떻게 마음을 먹느냐에 달려 있다.

인생이란 살아볼 가치가 있으며 세월을 이겨낼 필요충분조건이 있다.

삶의 가파른 오르막길

산을 오를 때면 매력적인 사실을 하나 깨닫게 됩니다.

힘겹게 올라간 그만큼의 거리를 신선한 바람에 땀을 식히며 편하게 내려올 수 있다는 사실입니다.

더운 여름날 산행 중 깨닫게 된 너무도 평범한 이 사실이 내게 더없는 기쁨으로 다가오는 이유는 우리들의 삶과도 너무도 흡사하다는 생각 때문입니다.

힘겹고 고생스럽게 높은 산을 올라가면 그 거리만큼 경치를 즐기며 보다 편안하게 내려오는 시간이 길어지고, 조금 올라가다가 힘겹다고 포기하면 그 좋은 경치들을 볼 시간도 그만큼 줄어들게 되는 것이 사람의 삶과 꼭 닮았다는 것입니다.

지금 그대가 힘겹게 올라가고 있는 삶의 가파른 오르막길은 언젠가 반드시 힘든 만큼 편안함을 선물한다는 삶이라는 산행의 진리를 기억한다면, 그대에게 닥친 시련과 힘겨움도 그리 절망만은 아니겠지요?

■ 박성철의 「삶이 나에게 주는 선물」에서

●思索●

바쁜 일상에도 가끔 등산을 하지만 산행의 묘미는 힘겹게 오른 다음 천천히 하산하는 재미가 쏠쏠하다. 물론 어떤 이들은 산을 오르는 것보다 내려오는 일이 더 힘들다고 한다.

그것은 등산의 취향에 따른 개인적인 차이일 뿐 전반적으로 등산할 때 더 힘이 드는 것은 당연하다.

흔히 등산을 인생에 비유한다. 그런 연유로 인생의 하산 산행에 특히 주의해야 한다고 말한다. 정상을 밟고 내려오다가 방심하면 자칫 크게 다칠 수 있기 때문이다.

그만큼 산행은 인생처럼 어느 순간이든 조심할 수밖에 없다. 얕잡아보고 방심하는 사이 헛발질로 발목이 삐거나 크게 다치는 것처럼 인생길도 마찬가지다.

우리들은 청년기의 삶이 질풍노도와 같다고 한다. 아직 많은 날들이 남아 있기에 비록 실패해도 일어날 힘과 용기가 있기 때문이다.

하지만 인생 하반기의 삶은 미처 준비하지 못한 안전장치의 부재로 힘든 하산이 될 수 있다. 그래서 제대로 된 인생이란 오르고 내림의 미학을 제대로 파악한 삶이어야 한다.

돌아올 수 없는 세 가지

세상에는 다시는 돌아올 수 없는 것 세 가지가 있습니다.

첫째는 우리 입에서 나간 말입니다. 한 번 내뱉은 말은 다시는 돌이킬 수 없습니다.

둘째는 화살입니다. 활시위를 떠난 화살은 다시는 돌아오지 않습니다.

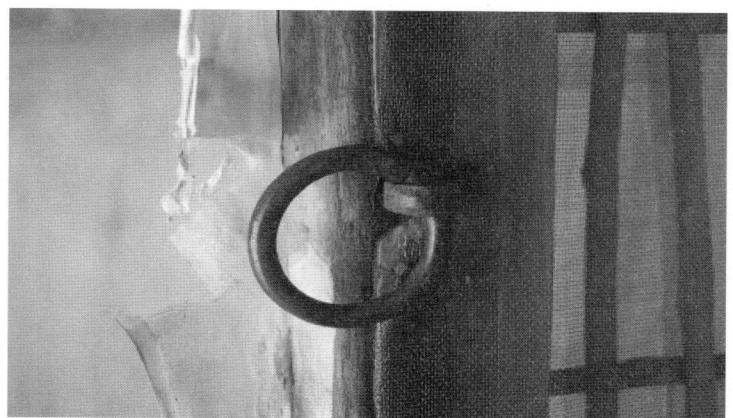

▲ 내뱉은 말, 날아간 화살, 흘러간 세월은 다시 돌아올 수 없다.

셋째는 흘러간 세월입니다. 흘러간 세월은 흐르는 물 같아서 다시는 돌이킬 수 없습니다.

그런데 흘러가는 시간을 붙잡을 수 있는 길이 있습니다.

그것은 반성이라는 법정에 서서 지난 일을 돌이켜보며 "무엇을 잃었으며 또한 무엇을 얻었는가?"라고 묻는 것입니다.

　하루를 지내면서 잠시 여유 있을 때, 뜨거운 커피 한잔을 마시면서 반성의 법정에 한번 서 보세요!

　잃은 것보다 얻은 것이 많아 흡족한 미소를 지었으면 좋겠습니다.

■ 「행복한 중년」에서

●思索●

　한번 내뱉은 말, 활시위를 떠난 화살, 흘러간 세월은 다시 돌이킬 수 없음은 명약관화한 사실이다.

　여기서 흘러가는 시간을 붙잡을 수 있다는 것은 어찌 보면 지독한 패러디이다.

　하지만 모든 것은 마음먹기에 달려 있다.

　무슨 일이든 선택의 순간에는 늘 양면성이 있을 수밖에 없다. 가장 좋고 유리한 국면에서도 칼날 쪽을 붙들면 고통이 되고, 반대로 불리한 것이라도 손잡이를 잡으면 방패가 된다.

　매사에 조심해 행동하고 유리한 쪽을 바라보는 것이 현명하다. 물론 '반성'이라는 법정에 서서 지난 일을 돌이켜보면 잘못을 반추해 새로운 미래를 설계할 수 있다.

　그것은 현명한 인간만의 특혜이다.

사람은 희망보다 절망에 더 속는다

사람들은 스스로 만든 절망을 두려워한다.

무슨 일에 실패하면 비관하고 이젠 인생이 끝장난 거라고 생각해 버린다.

그러나 어떠한 실패 속에서도 희망의 봄은 달아나지 않고 당신이 오기를 어느 삶의 길목에서 기다리고 있다는 사실을 알아야 한다.

사람의 굳은 뜻으로 못할 일은 없다. 인생에 있어서 기회가 적은 것은 아니다.

그것을 볼 줄 아는 눈과 붙잡을 수 있는 의지를 가진 사람이 나타나기까지 기회는 잠자코 있는 것뿐이다.

설령 재난이라 할지라도 그것을 휘어잡는 의지 앞에서는 도리어 무한한 가능성이 열려 있다.

우리는 우리가 상상하는 이상으로 우리 자신의 힘 속에 자신의 운명의 열쇠를 가지고 있는 것이다.

사람에게는 두 가지의 의지가 있다. 하나는 위로 올라가는 의지이고 하나는 아래로 내려가는 의지이다.

이 두 가지는 우리 내부에서 서로 싸우고 있다. 한편에서는 모든 향락을 쫓아 버리라고 소리치고 한편에서는 마음껏 향락을 즐기라고 유혹한다.

당신은 위로 향하는 의지를 쫓을 것인가?
아래로 떨어지는 의지에 몸을 맡길 것인가?
그것을 결심하는 것은 당신 자신이다.
■ 레프 톨스토이의 「사람은 희망에 속느니보다 절망에 속는다」에서

●思索●

희망을 가르치려고 한다면 먼저 절망을 말해야 한다. 우리나라
에서는 순서가 바뀌었다.
현재의 한국, 오늘의 우리는 아이들에게 절망을 먼저 가르치고
있다.
게다가 그것을 가르치지 않아도 아이들이 그 사실을 스스로 인
지하는 것도 심각하다. 이는 오염된 주변 환경의 부재 탓이다.
사실 절망은 가르치지 않아도 된다. 눈앞의 정치·경제·사회 현
실이 그렇기 때문이다.
더욱 두려운 것은 그렇게 절망에, 절망적 환경 속에 익숙해져
가는 것이다.
잊는다는 것은 익숙해졌다는 뜻이기 때문이다. 무엇보다 작금
의 정치 상황은 아이들에게 절망적이다.
앞으로 아이들의 미래를 위해 무슨 일을 해야 할지 조금이라도
고민하는 것이 아니라 자기들 밥그릇 싸움에 더 몰입해 있다. 그
래서 희망이 안 보여 답답한 현실이다.
과연 희망보다 절망에 더 속는 현실의 구조적 모순을 타개할
방책은 없을까?

'지금까지'가 아니라 '지금부터'

가끔 자신의 과거 때문에 자신의 현재까지 미워하는 사람을 보게 됩니다.

사람은 살아가면서 되돌릴 수 없는 이미 흘러간 시간을 가장 아쉬워하고 연연해하는 반면 가장 뜻 깊고 가장 중요한 지금이라는 시간을 소홀히 하기 쉽습니다.

과거는 아무리 좋은 것이라 해도 다시 돌아오지 않는 이미 흘러간 물과도 같습니다.

하지만 그것이 아무리 최악의 것이었다 해도 지금의 자신을 어쩌지는 못합니다.

우리가 관심을 집중시켜야 할 것은 '지나온 시간이 얼마나 훌륭했는가 하는 것'이 아니라 '남겨진 시간을 어떤 마음가짐으로 어떻게 이용할 것인가'입니다.

자신이 그토록 바라고 소망하는 미래는 자신의 과거에 의해서 결정되는 것이 아니라 지금 현재에 의해 좌지우지된다는 사실을 기억하십시오.

우리 인생의 목표는 '지금까지'가 아니라 '지금부터'입니다.

▣ 「보이지 않는 소중한 사랑」 중에서

●思索●

사람은 누구나 과거를 살아왔고 현재를 열심히 헤쳐 나아가며 미래의 청사진을 그리고 있다.

과거가 아무리 고난의 역사였다고 할지라도 앞으로 다가올 미래가 희망적이면 된다.

개인이나 기업의 미래가 아무리 예측하기 힘들다고 하지만 좋은 구체적일 필요가 있다.

과거와 현재의 궤적을 차분하게 관찰해 보면 미래의 구도를 어느 정도 예측할 수 있기 때문이다.

즉 다양한 가설과 상상으로 우리가 원하는 미래의 모습을 그리며, 원하는 미래에 영향을 미칠 수 있는 다양한 변수까지 미리 생각해 보고 최대한 준비하면 그 시행착오가 줄어든다.

영어로 기획이 'plan'이 아니라 'planning'인 이유는 끊임없이 더 나은 미래를 위해 기획이 계속돼야 하는 탓이 아닐까.

'인생·경영·국가운영' 기획도 더 나은 미래를 위해 미리 예측하고 변화하며 결국 끊임없이 기획해 나아가는 것이 아닐까 싶다.

지금까지 시행착오가 있었더라도 지금부터 다시 출발하는 자세로 보다 조심스럽게 우리 인생의 목표를 향해 뚜벅뚜벅 걸어가면 된다.

산다는 것은 길을 가는 것

산다는 것은 싸우는 것이다. 우리는 매일 남과 싸우고 자기 자신과 싸우면서 살아간다. 인간은 세계라는 무대에서 자기에게 맡겨진 역할을 수행하면서 살아간다.

어떤 이는 인생을 농사에 비유한다.

어떤 이는 인생을 하나의 예술 작품에 비유한다.

어떤 이는 인생을 책을 쓰는 데 비유한다.

어떤 이는 인생을 여행에 비유한다.

우리는 저마다 무거운 짐을 지고 자기의 길을 가는 인생의 나그네다.

길에는 여러 가지가 있다. 사람이 가는 길은 인도요, 자동차가 가는 길은 차도요, 배가 가는 길은 뱃길이며 바닷길이다.

우주에도 길이 있다. 지구는 지구가 도는 길이 있고, 별은 별이 가는 길이 있다.

옳은 길을 가되 우리는 적절한 속도, 적절한 걸음걸이로 가야 한다. 군자는 인생의 큰 길 옳은 길을 정정당당히 간다.

마음에 추호의 부끄러움과 거리낌이 없는 사람만이 청천백일 하에 크고 넓은 길을 늠름하게 활보할 수 있다.

힘차고 당당하게 걷는 걸음을 활보라고 한다.

광명정대의 정신을 가지고 인생을 바로 사는 사람만이 정정당당한 자세로 태연자약하게 인생의 정도와 대로를 힘차게 걸을 수 있다. 산다는 것은 길을 가는 것이다.

▣ 안병욱의 「인생론」에서

◕思索◕

현대사회를 살아가는 사람들은 늘 전쟁터에 나가 하루를 견뎌내는 듯 힘든 삶을 지탱한다. 안병욱 수필가가 "산다는 것은 매일 남과 싸우고 자기 자신과 싸우며 살아간다"고 간결한 표현을 쓴 이유도 다 같은 맥락이다.

삶을 영위하는 데 남녀노소가 따로 없이 힘들고 고통스럽다. 사람이란 태어나 죽을 때까지 살아가면서 자신의 의지와 관계없이 좌절을 겪고, 아프고 병들어 힘들 때도 많다.

그런 과정에서도 사람들은 힘차고 당당하게 옳은 길로 걸어가야 한다. 잘못된 길로 들어서면 어차피 다시 되돌아와야 한다. 그래서 그나마 힘든 삶을 제대로 토닥이며 살아가려면 정도(正道)밖에 없다.

이럴 때, 문득 가수 김종찬의 「산다는 것은」이란 노래 가사가 부드럽게 가슴을 적신다. 비록 유행가이지만 웬만한 법어 못잖은 감동을 받는다면 지나친 느낌일까.

"어디로 가야 하나, 단 하루를 살아도 마음 편하고 싶어, 그래도 난 분명하지 않은 갈 길에 몸을 기댔어. 넓다나 난 태어나는 거였고 난 넓다나 또 다른 꿈을 꾸었지. 내 어깨 위로 짊어진 삶이 너무 무거워 지쳤다는 말조차 하기 힘들 때 다시 나의 창을 두드리는 그대가 있고 어둠을 가를 빛과 같았어."

192 말은 입술의 열매이다

아무것도 갖지 않은 사람이 행복하다

진실로 아무것도 갖지 않은 사람, 집착심이 없는 사람은 행복합니다. 지혜로운 사람은 아무것도 자기 것이라고 생각하지 않습니다.

자, 보십시오. 많이 가지고 있는 사람들이 여기저기에 얽매여 얼마나 괴로움을 당하고 있는가를.

이 세상에서 으뜸가는 재산은 믿음입니다. 덕행을 쌓게 되면 행복이 찾아옵니다.

진실이야말로 맛 중의 맛이며 지혜롭게 사는 것을 최상의 생활이라고 할 수 있습니다.

어리석은 사람은 할 수 있는 일은 하지 않고, 반대로 할 수 없는 일을 하려고 애를 씁니다.

그러나 지혜로운 사람은 할 수 없는 일은 하지 않고, 자기가 할 수 있는 일만을 열심히 합니다.

지나치게 인색하지 말고 성내거나 질투하지 마십시오.

이기심을 채우고자 정의를 등지지 마십시오.

원망을 원망으로 갚지 마십시오.

위험에 직면하여 두려워 마십시오.

이익을 내기 위해 남을 모함하지 마십시오.

객기 부려 만용하지 마십시오.

허약하여 비겁하지 말며 지혜롭게 중도의 길을 가십시오.

이것이 지혜로운 이의 모습입니다. 사나우면 남들이 꺼려하고, 나약하면 남이 업신여기니 사나움과 나약함을 버려 중도를 지키십시오. 높은 데 있는 사람은 반드시 위태로움이 있고, 보물을 모은 이는 반드시 궁색하게 됩니다.

사랑하는 이들에겐 이별이 있고, 한 번 이 세상에 태어난 것은 반드시 죽음이 따르며 빛은 반드시 어둠을 동반합니다.

이것은 불변의 진리입니다.

■「행복 초대의 글」에서

▲ 아무것도 가지지 않은 사람이 행복하다.

●思索●

무하게 로또 복권으로 일확천금을 잡은 사람들이 어이없게 빈 털터리가 되는 이유는 무엇일까. 그 반면 아무것도 가지지 않으면 그렇게 싸우지 않는 것은 무엇 때문일까.

죽지 않을 만큼 먹고 살 수 있으면 그냥 그것으로 편안한 행복 감을 누리며 만끽한다. 애초에 높은 데 오르지 않았고, 귀한 보물을 지닌 적이 없어 그만큼 행복한 것이 아닐까.

여기서 많은 재산을 가진 사람들은 큰 괴로움을 당한다고 말한다. 실제로 우리 주변을 보면 그런 일이 비일비재하다. 이상하리만치 부와 권력을 지닌 이들이 여러 이유로 쪽박을 차는 경우가 많다.

보통 사람들은 이런 이유를 쉽게 이해하지 못한다. 도대체 무슨 마가 씌었기에 모두 똑같은 파국의 길을 걷는지 도통 알 수 없기 때문이다.

또한 부자들은 재산을 나눌 때 거의가 어쩔 수 없이 통과의례처럼 싸움을 벌인다. 아무리 형제관계가 좋다고 해도 돈 앞에서는 절대로 한 몸이 될 수 없는 탓이다.

재벌이든 동네 졸부든 다 똑같다. 그런 면에서 인생이란 참으로 고통스런 직업이다.

노력하는 것만큼 행복해진다

인간은 스스로 노력하여 얻은 결과만큼 행복해집니다.

다만 그러기 위해서는 무엇이 행복한 생활에 필요한가를 먼저 알아야 합니다.

검소한 기호, 어느 정도의 용기, 어느 정도까지의 자기 부정, 일에 대한 애정, 그리고 무엇보다도 맑은 양심이 필요한 것입니다.

행복은 막연한 꿈이 아닙니다.

경험과 사고를 올바르게 활용함으로써 인간은 자기 자신으로부터 많은 것을 끌어낼 수가 있습니다.

결단과 인내에 의해서 인간은 자기의 건강을 되찾을 수도 있게 되지요.

그러므로 인생을 있는 그대로 삽시다.

그리고 감사함을 잊지 말도록 합시다.

■ 이정환의 「아침 5분의 사색」에서

●思索●

행복에 대한 열매는 노력으로 이루어지는 만큼 성취했을 때의 달콤한 맛은 그만 누리는 결실이다. 힘들게 얻은 열매일수록 그 행복값은 더 크고 풍요롭다.

노력은 배신하지 않으며 쉽게 찾아오는 행운이란 기적 외에는 기대할 수 없다. 이 세상에 노력 없이 얻는 행복이란 없다. 그래서 노력은 성공의 어머니라고 했다.

인간은 목표를 향해 나아가는 과정에서 행복을 느낄 수 있다. 자신이 계획한 일들을 이룰 때의 성취감과 기쁨이 바로 행복이다.

행복은 돈이 많다고 느낄 수 있는 값싼 감정이 아니다. 가난한 나라 방글라데시 사람들이 느끼는 행복값이 거기서 비롯된 것이 아닐까.

진정한 행복은 힘든 시련에도 굴하지 않고 앞으로 나아가는 노력에 달려 있다. 부자보다 가난한 사람들이 더 행복해 보이는 것은 꿈이 있기 때문이다.

철학자와 청소부의 차이

철학자 한 사람이 길을 가다가 청소부를 만났습니다. 그는 청소부가 너무도 힘겹게 거리를 청소하는 모습을 보고 이렇게 말했습니다.

"나는 당신을 불쌍하게 여깁니다. 당신은 너무 힘들게 지저분한 일을 하고 있습니다."

그러자 청소부는 이렇게 대답했습니다.

"고맙습니다. 그런데 선생님의 직업은 무엇입니까?"

"네! 나는 인간의 행동, 마음, 혹은 욕망과 집착에 대해 연구하는 사람입니다."

철학자는 당당하고 자신 있는 목소리로 대답했습니다.

그러자 청소부는 하던 일을 다시 시작하며 다음과 같이 말했습니다.

"저 역시 선생님을 불쌍하게 여깁니다. 선생님이야말로 정말 불쌍한 사람입니다."

청소부는 철학자가 왜 불쌍하다고 생각했을까요?

여러 가지 이유가 있겠지만, 청소부는 자신의 직업에 대해 건강한 생각을 가지고 있기 때문입니다.

그는 열심히 일하고 아름다운 거리를 만드는 데 보람을 느낍니다. 또한 자신의 가정을 위해 노력한 만큼 당당하게 보상을 받습니다.

하지만 철학자는 모든 사람들의 행동과 마음, 그리고 욕망에 대해 고민하고 해답을 찾아주어야 합니다.

정작 자신의 마음과 행동, 욕망에 대해서는 생각할 겨를도 없습니다. 더욱이 그는 그 모든 욕망과 행동을 생각하면서 보람을 찾을 수 없습니다.

당신은 철학자가 되겠습니까? 아니면 청소부가 되는 편이 낫겠습니까?

▣ 칼릴 지브란의 「아름다운 생각」에서

▲ 철학자와 청소부의 차이는 과연 무엇일까?

●思索●

이 글에서 학식이 높은 철학자가 비천한 청소부를 불쌍하게 여긴다. 굳이 그럴 필요까지는 없는데 일만 잘하는 청소부를 깔본다. 그러나 청소부는 특유의 객기와 반대의 목소리를 내지 않는다.

오히려 철학자가 청소부에게 펀치를 한방 먹인다. 사람을 업신여기거나 얕잡아보면서 모욕과 경멸을 주는 것이다.

모멸감은 자신의 존재 가치가 부정당하거나 격하될 때 갖는 괴로운 감정으로 우리 주변에서 흔히 볼 수 있다. 모멸감의 반대는 존엄성이다.

존엄은 사람이 다 존재 자체로 의미를 인정받고, 돈·권력·상황 등에 휘둘리지 않고 주체적으로 살아가는 것이다.

그러나 엄밀하게 따져 보면 이 책에서 철학자와 청소부의 차이를 비교하는 것은 난센스이다.

인간의 행동·마음, 혹은 욕망과 집착에 대해 연구하는 철학자가 청소부를 모욕한다는 설정 자체가 모호하다.

그야말로 제대로 깊이 있는 성찰을 거친 철학자라면 한낱 청소부를 비방할 리가 없다.

서로가 삶의 격이 다르다고 논할 수는 없지만 아닌 것은 아니기 때문이다. 왜 그랬을까.

행복은 심는 것

모든 행복은 행복한 생각에서 출발합니다.
생각은 눈에 보이지 않습니다.
보이는 것은 보이지 않는 것에서부터 옵니다.
가시적 현실은 비가시적 생각이 자란 열매입니다.
어떤 생각을 심는가에 따라 행복과 불행이 선택됩니다.
행복한 생각을 심으면 행복한 인격이 나오고
행복한 인격을 심으면 행복한 인생이 나옵니다.
인생은 작은 선택들이 모여 큰 선택들이 됩니다.
행복은 선택입니다.
행복은 습관입니다.
불행도 습관입니다.
평소에 행복의 선택을 훈련함으로써
나의 행복은 결정됩니다.
불행은 원치 않으면
불행한 생각을 거부해야 합니다.
불행한 생각을 선택해서
행복해지는 법은 없습니다.

■ 최창일의 「아름다운 사람은 향기가 있다」에서

●思索●

삶에서 가장 중요한 것은 무엇일까?

물론 돈, 권력, 명예, 건강 등 모든 것이 중요하다. 그러나 이런 가치들도 모두 '행복'이란 단어 하나로 수렴된다.

아리스토텔레스는 인간의 삶의 목적이 행복에 있다고 지목했다. 다만 그의 '행복론'은 훌륭한 정신적 존재가 되는 것을 지칭했다.

요컨대 고대 그리스에서 중요한 삶의 덕목이었던 용기와 정의, 우정과 친절이라는 측면에서 끊임없이 애쓰고 노력하면서 삶의 참된 의미를 알아가는 것이다.

결국 행복이란 어떤 목표와 조건이라기보다는 자신에게 주어진 삶을 충실하게 살아갈 때 얻는 선물과도 같다.

행복하려면 과연 어떻게 해야 할까?

여기서 글쓴이는 행복한 생각을 가져야 한다고 조언한다. 가진 것의 많고 적음에 상관없이 좋은 생각이야말로 행복한 인생을 견인할 수 있다는 얘기다.

우리가 인생사를 살아가면서 만나는 다양한 가치, 즉 돈·가족·건강·믿음·변화 등은 행복한 생각을 얼마나 하느냐에 따라 관건이 달려 있다.

인생, 하루가 짧다

또 하루가 '오늘'이라는 이름으로 우리에게 주어졌습니다.

당신의 하루가 희망차게 열렸습니다.

하지만 우리는 가장 소중한 오늘을 무의미하게 때로는 아무렇게나 보낼 때가 있습니다.

하루하루가 모여 평생이 되고 '영원히'란 말이 됩니다.

어떤 사람이 이 하루라는 의미를 이렇게 말했습니다.

"하루는 곧 일생이다. 좋은 일생이 있는 것처럼 좋은 하루도 있다. 불행한 일생이 있는 것 같이 불행한 하루도 있다. 하루를 짧은 인생으로 본다면 하나의 날을 부질없이 보내지는 않을 것이다."

좋은 하루를 보내는 것이 곧 좋은 일생을 만드는 길입니다.

우리에게 주어진 하루는 '선물'이며 '시간'이고 '생명'입니다.

오늘이라는 소중한 당신의 '하루'를 아름답게 보내시길 바랍니다.

저도 오늘 하루를 열심히 최선을 다하렵니다.

◨ 유영의 「행복을 만들어 주는 책」에서

이 글에서 글쓴이는 하루하루가 얼마나 소중한지, 일상의 무료하나 평범함이 얼마나 값지고 귀한 시간들인지, 이 속에서 가진 하루의 중요성을 실감나게 풀어준다.

세상살이는 생각보다 재미있고 행복은 마음먹기 나름이다.

삶을 멋지게 살지 못하는 이유는 하루의 소중함을 잊어 버렸기 때문이다.

삶은 생각보다 살 만하고 내려놓으면 더욱 행복한 것임을 깨닫게 해준다.

하루를 짧은 인생으로 본다면 하나의 낮을 부질없이 보내지 않을 것이라는 말에 정신이 반짝 들지 않는가?

그래서 오늘 하루를 최선을 다해 살 수밖에 없다. 그것이 인생이다.

▲ 오늘이라는 소중한 우리의 '하루'를 아름답게 보내야 한다. 앙코르 와트 불상의 미소가 경이롭다.

향기, 스스로 만들자

당신은 어떤 향기를 갖고 있나요?

당신이 갖고 있는 향기가 사람들에게 따스한 마음이 배어 나오게 하는 것이었으면 좋겠습니다.

사람들에게는 각자의 향기가 있습니다.

그 향기는 어떤 삶을 살았느냐에 의해 결정됩니다.

지금껏 살아온 삶을 돌이켜보면 자신의 향기를 맡을 수 있을 것입니다.

오늘 하루도 그윽한 장미의 향기처럼 누구나 좋아하는 향기를 뿜을 수 있는 사람이 되길 바랍니다.

자신의 몸에서 나는 냄새를 감추려고 또는 자신의 몸을 향기롭게 하려고 향수를 뿌립니다.

그러나 향수 중에 가장 향기로운 원액은 발칸 산맥에서 피어나는 장미에서 추출된다고 합니다.

그것도 어두운 자정에서 새벽 2시 사이에 딴다고 합니다.

그 이유는 그 때가 가장 향기로운 향을 뿜어내기 때문입니다.

우리 인생의 향기도 가장 극심한 고통 중에서 만들어질 것입니다.

우리는 절망과 고통의 밤에 비로소 삶의 의미와 가치를 발견합니다.

베개에 눈물을 적셔 본 사람만이 삶이 아름답다는 것을 압니다.

당신은 영혼의 향기가 고난 중에 발산된다는 사실을 알고 있겠지요.

그렇다면 당신의 향기도 참 그윽하고 따스할 것이라는 생각이 듭니다.

누군가에게 이런 향기를 맡게 하는 당신은 참으로 행복한 사람입니다.

　　　　　　　▣ 유영의 「행복을 만들어 주는 책」에서

▲ 꽃마다 향기가 다 다르듯이 당신은 어떤 향기를 갖고 있나요?

●思索●

꽃의 향기가 서로 다르듯이 사람에게도 각자 특유의 향기가 있다. 맡으면 기분이 좋은 향이 나는 사람이 있는 반면 역겨워 인상을 찌푸리게 하는 사람도 있다.

구수한 숭늉 냄새가 나는 사람, 낙엽을 태울 때처럼 커피 냄새가 나는 사람도 있다.

너무 향이 강한 사람은 멀리까지 풍겨 처음에는 다수의 사람들이 그 주변으로 모여든다.

하지만 사람들은 금방 그 냄새의 정체를 확인하고 더 이상 호기심도 끌지 못하고 하나 둘 그의 곁을 떠난다.

그러나 향이 가볍고 가늘어 오랜 시간 관찰해야 희미하게 알 수 있는 사람은 그 냄새를 확인하고 싶은 욕구로 많은 사람들이 서서히 모여든다.

어떤 사람에게는 뭐라도 내줄 것만 같은 착한 냄새가 나고, 어떤 사람은 다른 사람의 것까지 빼앗아가려는 나쁜 냄새가 난다.

좋은 향이란 스스로 그 향기를 유지해야 하며 다른 사람들까지 순화시켜야 진정한 향기의 종결자일 것이다.

「젊은 베르테르의 슬픔」의 작가 괴테는 "누가 가장 행복한 사람인가? 남의 장점을 존중해주고 남의 기쁨을 자기의 것인 양 기뻐하는 자"라고 말했다.

행복한 사람을 이해하는 데 십분 도움이 되는 촌철살인 명구이다.

포기하면 안 돼

이따금 일이 잘 풀리지 않을 때,
험한 비탈을 힘겹게 올라갈 때,
주머니는 텅 비었는데 갚을 곳은 많을 때,
웃고 싶지만 한숨지어야 할 때,
주변의 관심이 되레 부담스러울 때,
필요하다면 쉬어 가야지.
하지만 포기하면 안 되지! 인생은 우여곡절 굴곡이 많은 법.
사람이라면 누구나 깨닫는 바이지만
수많은 실패들도 나중에 알고 보면
계속 노력했더라면 이루었을 일.
그러니 포기는 말아야지.
비록 지금은 느리지만 한 번 더 노력하면 성공할지 뉘 알까?
성공은 실수와 안팎의 차이,
의심의 구름 가장자리에 빛나는 희망.
목표가 얼마나 가까워졌는지는 아무도 모를 일,
생각보다 훨씬 가까울지도 모르지.
그러니 얻어맞더라도 싸움을 계속해야지.
일이 안 풀리는 시기야말로 포기하면 안 되는 때!

■ 에드거 앨버트 게스트의 시

●思索●

　인생을 살면서 때로 포기하고 싶은 생각을 안 해본 사람은 없다. 각자 다르지만 우리는 좌절과 낙심을 겪으며 영적인 침체기에 빠져들고, 현실에 직면하는 것을 두려워한다.

　세상은 실패하더라도 포기하지 않고 열심히 살다보면 언젠가는 세상이 인정해줄 것이라고 말한다. 끊임없이 욕망과 성취를 위해 노력하지만 '남의 욕망'을 포기하는 지혜만이 우리를 홀가분하게 하고 진짜 자신을 만난다는 것이다.

▲ 일이 안 풀리는 시기야말로 포기하면 안 되는 때이다. 소나무는 포기하지 않고 아무것도 없는 바위에 뿌리를 내린다.

　요컨대 경쟁으로 점철된 이 세상에서 자신을 지키기 위해 무엇보다 포기하는 연습이 필요하다고 강조한다.

　하지만 시인은 여기서 끝까지 포기하면 안 된다고 손을 내린다. 일이 안 풀리는 시기야말로 도전이 필요한 때라고….

남은 세월이 얼마나 된다고?

가슴 아파하지 말고
나누며 살다 가자.
버리고 비우면 또 채워지는 것이 있으리니
나누며 살다 가자.

누구를 미워도,
누구를 원망도 하지 말자.
많이 가진다고 행복한 것도
적게 가졌다고 불행한 것도 아닌 세상살이

재물 부자이면 걱정이 한 짐이요,
마음 부자이면 행복이 한 짐인 것을.
죽을 때 가지고 가는 것은
마음 닦는 것과 복 지은 것뿐이라오.

누군가를 사랑하며
살아갈 날도 많지 않은데.
누군가에게 감사하며
살아갈 날도 많지 않은데.

남은 세월이 얼마나 된다고
가슴 아파하며 살지 말자.
버리고 비우면
또 채워지는 것이 있으니

사랑하는 마음으로
감사하는 마음으로 살다 가자.
웃는 연습을 생활화하시라.
웃음은 만병의 예방약이며 치료약.
노인을 즐겁게 하고 동자(童子)로 만든다오.

화를 내지 마시라.
화내는 사람이 언제나 손해를 본다오.
화내는 자는 자기를 죽이고 남을 죽이며
아무도 가깝게 오지 않아서 늘 외롭고 쓸쓸하다오.

기도하시라.
기도는 녹슨 쇳덩이도 녹이며
천년 암흑 동굴의 어둠을 없애는 한줄기 빛이라오.

주먹을 불끈 쥐기보다
두 손을 모으고 기도하는 자가 더 강하다오.
사랑하시라.
소리와 입으로 하는 사랑에는 향기가 없다오.

진정한 사랑은 이해, 관용, 포용, 동화,
부드러운 대화, 자기 낮춤이 선행된다오.
내가 사랑이 머리에서 가슴으로 내려오는 데
칠십 년 걸렸다오.

■ 김수환(金壽煥) 추기경의 글에서

●思索●

김수환 추기경은 평소 "사랑의 무게는 말이 아니라 끌어안아주는 것"임을 보여주었다.

맑고 깨끗한 음성으로 백발이 될 때까지 스스로를 내려놓으며 인간에 대한 깊은 애정으로 모든 사람의 밥이 되기를 원했다.

스스로를 바보라 칭하며 언제나 나눔을 실천했던 그는 늘 존경받았으나 고독했고, 늘 사랑받았으나 외로웠다.

김수환 추기경은 그가 먼 길을 떠난 것처럼 '남은 세월이 얼마나 되느냐'며 오늘을 제대로 살기를 강조했다.

시드니 스미스는 "내일에 대해서는 아무도 모른다. 우리가 할 일은 오늘이 좋은 날이며 오늘이 행복한 날이 되게 하는 것이다"고 말했다.

오늘이 내일보다 더 중요하다는 얘기다.

행동경제학에서 사람은 먼 미래보다 현재를 중요시하는 현재지향 편향을 가지고 있다고 한다.

실제 중요한 일이지만 부담된다면 내일과 모레의 경우 당연히 모레가 된다.

하지만 그 일을 30일 이후로 고려하면 아무 때나 상관없다는

▲ 내일보다 오늘이 중요한 이유는 앞날을 알지 못하기 때문이다.

생각이 지배적이다. 오늘에 가까운 하루일수록 시간의 가치를 더 크게 느끼는 편향에서 자유롭지 못하다는 것이다.

요컨대, 내일보다 오늘이 중요한 이유는 앞날을 미리 알 수 있는 능력이 없는 탓이다.

미래의 성공을 미리 안다면 자만하는 오늘을 살고, 미래의 실패를 미리 안다면 절망하는 오늘을 살 것이다.

미래에 대한 지나친 낙관과 비관을 경계해야 한다. 다만 차근 차근 쌓아놓은 오늘이 단단한 내일이 된다는 사실이 중요하다.

아름다운 노년 생활

노인(老人). 우리 삶의 3분의 1은 노후에 속하지만 설마설마 하다가 속빈 강정 같은 날이 반복된다.

노후가 되면 경제력, 역할, 친구 등 줄어든 것투성이다. 그러나 주어진 시간을 재정비하여 사용하면 삶의 가치가 달라진다.

1. 즐거운 마음으로 하루를 시작하고 마감하라. 그래야 여한 없이 살게 된다.

2. 좋은 친구와 만나라. 외로움은 암보다 무섭다.

3. 자서전을 써라. 인생의 정리가 저절로 이루어진다.

4. 덕을 쌓으며 살아라. 좋은 사람이 모여들고 하루하루가 값지게 된다.

5. 좋은 말을 써라. 말은 자신의 인격이다.

6. 좋은 글을 읽어라. 몸은 늙어도 영혼은 늙지 않는다.

7. 내 고집만 부리지 말라. 노망으로 오인 받는다.

8. 받으려하지 말고 주려고 하라. 박한 끝은 없어도 후한 끝은 있다.

9. 모든 것을 수용하라. 배타하면 제명대로 살지 못한다.

10. 마음을 곱게 써라. 그래야 곱게 늙는다.

11. 병과 친해져라. 병도 친구는 해치지 않는다.

12. 나이에 자신을 맞추어라. 몸부림쳐도 가는 세월 막지 못한다.

13. 틈만 있으면 걸어라. 걷는 것 이상 좋은 운동이 없다.

14. 나만 옳다는 생각을 버려라. 고집 센 사람은 모두가 싫어한다.

15. 자녀에게 이래라 저래라 간섭하지 말라. 그러다가 의만 상한다.

16. 물을 많이 마셔라. 물처럼 좋은 보약도 없다.

17. 골고루 먹어라. 편식은 건강의 적이다.

18. 콩과 멸치, 마늘을 많이 먹어라. 최고의 건강식품이다.

19. '과식단명 소식장수'라는 말이 있다. 음식 욕심은 명을 재촉하는 지름길이다.

20. 아침에 일어나 온몸을 마찰하라. 순환만 잘되면 100세는 거뜬하다.

21. 낙천가가 되라. 하루가 즐거우면 열흘이 편안하다.

22. 노후는 인생의 마지막 황금기이다. 값지게 보내라.

23. 술과 담배는 멀리하라. 백해무익의 원수이다.

24. 많이 웃어라. 웃음은 젊음과 활력의 묘약이다.

25. 어제를 잊고 내일을 설계하라. 어제는 이미 흘러갔다.

26. 충분히 잠을 자라. 수면에 비례해서 수명도 늘어난다.

27. 매일 맨손 체조를 하라. 돈 안 들이는 최고의 건강법이다.

28. 쉬지 말고 움직여라. 흐르는 물은 썩지 않는다.

29. 욕심을 버려라. 남 보기에도 좋아 보이지 않는다.

30. 주어진 날들을 즐겁게 지내라. 세상은 즐기기 위해 나온 것이다.

31. 적극적인 자세를 잃지 말라. 무엇을 하기에 늦은 나이란 없다.

32. 사람을 믿어라. 내가 믿으면 그도 나를 믿는다.

33. 사랑의 눈으로 만물을 보라. 사랑이 가득한 세상이 펼쳐진다.

34. 나이 듦은 죄가 아니다. 언제나 당당하라.

35. 쉬지 말고 배워라. 배움에는 정년이 없다.

36. 비상금을 가지고 있어라. 무일푼이면 서러움을 당한다.

37. 종교를 가져라. 삶의 내용이 달라진다.

38. 시간을 쪼개어 예술을 감상하라. 그 즐거움도 만만치 않다.

39. 미움과 섭섭함을 잊어 버려라. 그래야 평화가 온다.

40. 말을 적게 하라. 말이 많으면 모두가 싫어한다.

41. 날마다 샤워를 하라. 몸이 깨끗해야 손자들이 좋아한다.

42. 취미를 살려라. 취미는 삶의 활력소이다.

43. 여행을 즐겨라. 하루하루가 즐거움의 연속이다.

44. 작은 배려에도 감사의 표현을 하라. 그래야만 존경받는다.

45. 컴퓨터와 친구가 되라. 새로운 세상을 맛보게 된다.

46. 새로운 친구를 사귀어라. 돈이 아니라 사람이 자산이다.

47. 부부 금슬을 극대화시켜라. 행복의 날도 길지 않다.

48. 평생 현역으로 살아라. 좋은 일 궂은 일 따로 있는 것이 아니다.

49. 세상을 아름답게 보아라. 보는 것만 내 몫이다.

50. 시간 관리를 잘하라. 주어진 시간이 끝나면 쉬라.

■ 이원복의 「아름다운 노년생활」에서

●思索●

요즘은 한갑이 지난 사람들도 젊다고 생각한다.

나이의 숫자는 높아가지만 마음은 항상 젊은 탓이다. 그러나 어느 사이에 노인이라는 대열에 합류하게 된다.

나이를 먹는다는 것이 결코 슬픈 것만은 아니다. 나이 들었다고 주눅 들지 말고 나이에 맞게 행동하고, 나름대로 열심히 삶을 즐기며 사는 것이 좋다.

▲ 아름다운 노년 생활은 계단식 논에 물대기 하듯 정성을 들이면 되지 않을까?

노년의 아름다움, 인간은 누구나 나이가 들면 늙기 마련이지만 늙어가는 사람만큼 인생을 사랑하는 사람은 없다고 했다.

60이든 70이든 80이든 인생은 다 살 만하다. 나이가 들어도 아름답게 늙어갈 수 있다면 얼마나 보기 좋을까?

노년의 아름다움은 용모에서도 아니고, 부와 명예에서도 아닐 것이다.

흐트러짐 없는 생활 자세와 초월함에서 오는 여유, 그리고 당당함이 아닐까 생각한다.

노년을 살아갈 수 있는 마음가짐과 행동을 실천하려고 조금씩 노력한다면 분명 얼굴에는 주름이 많더라도 마음에는 주름이 적은 아름다운 노인이 될 수 있을 것이다.

과거가 가족을 위한 희생의 시기였다면 이제부터는 자기를 위한 삶을 즐기는 시기가 되어야 한다.

그래서 노년에서 찬란한 인생의 보람을 찾고 행복하고 아름다운 노후를 보낼 수 있기를 기대해 본다.

행복의 열쇠는 어디에나 떨어져 있다

미국 기부문화의 1세대인 앤드류 카네기의 인생은 삶에 대해 많은 것을 생각하게 한다.

1835년 그는 스코틀랜드의 가난한 수직공의 아들로 태어났다. 수동식 직조기 대신 증기식 직조기가 도입되면서 가세는 점점 기울었고 그의 가족은 결국 미국으로 이민을 떠났다.

가난을 운명처럼 안고 태어난 그는 학교를 다니는 대신 어려서부터 가족을 돕기 위해 일해야 했다.

카네기는 열세 살 때부터 방직공장에 다녔는데, 어린 그에게 방직공의 일은 너무나 고되고 힘들었지만 은근과 끈기로 참아냈다.

학력은 초등학교를 다닌 것이 전부였지만 부지런함과 성실함으로 상사의 눈에 들어 사무보조를 담당하기도 했다. 그는 다른 일자리를 찾다가 피츠버그 전신회사에 전보 배달원으로 취직했다.

전보 배달원 일은 틈틈이 책을 읽고, 공부할 수 있는 시간적 여유가 있었다. 그는 시간이 날 때마다 책을 읽으면서 지식을 습득했다. 그의 열정을 눈여겨본 전신회사의 앤더슨 대령은 그가 책을 자유롭게 읽도록 자신의 독서실 이용을 허락해 주었다.

독학을 하며 전신 지식을 쌓은 카네기에게 기회가 찾아왔다. 전신 기사가 없는 사이에 전신이 온 것이다. 카네기는 평소 쌓은 지식을 바탕으로 능숙하게 수신했다.

뒤늦게 이 사실을 알게 된 지배인은 그의 능력을 높이 사 단번에 그를 전신 기사로 임명하며 주급도 배로 올려주었다. 이후 오하이오 전신회사에 고용되는 등 그에게도 성공을 향한 길이 열리기 시작했다.

카네기는 전신국의 단골손님인 펜실베이니아 철도회사의 피츠버그 지부장 토마스 스콧의 눈에 들어 철도 전신 기사로 발탁됐다. 어느 날 스콧 지배인이 자리를 비웠을 때였다.

한 역에서 열차 충돌사고가 일어나 각 열차의 발착 시간을 변경하지 않으면 안 되는 상황이 생겼다. 그냥 두면 열차 사고로 이어질 것이 뻔한 상황이었다. 명령을 내릴 지배인까지 없어 진퇴양난이었다.

카네기는 이후 벌어질 일을 책임질 각오로 각 역에 타전을 쳤다. 신속한 그의 조치에 다행히 사고는 일어나지 않았고 무사히 지나갔다. 나중에 이 일을 알게 된 스콧 지배인은 카네기를 크게 칭찬하며 자신의 비서로 임명했다.

카네기는 스콧의 비서로 일하면서 많은 정보를 입수했다. 특히 앞으로 제강업이 크게 성장할 것이라는 정보는 그에게 큰 꿈을 갖게 했다.

카네기는 제강업을 공부하기 위해 영국으로 건너갔다. 그는 영국에서 화학적인 제강법을 연구하고 미국으로 돌아와 제강소를 설립했다.

제강소를 설립한 그는 밤낮으로 제강 연구에 몰두해 질 좋은 제강을 생산해냈다. 입소문이 난 카네기의 제강소는 세계 각처로부터 주문이 쇄도했고, 더불어 세계 제일의 철강회사로 우뚝 서게 되었다.

카네기는 많은 돈을 벌었으나 늘 검소하게 생활했고, 사업 때문에 결혼도 52세 때 했다. 그는 삶에 최선을 다하는 태도로 쉬지 않고 일했다.

그는 66세 때 회사에서 물러나며 평생 피땀 흘려 번 돈을 사회에 환원하기로 결심하고 학교와 도서관을 짓는 데 후원했다. 그는 어렵게 번 돈을 가치 있게 쓰며 자신의 인생과 성공을 드높인 진정한 승리자였다.

카네기가 운명처럼 타고난 가난을 극복하고 세계적인 기업가로 거듭날 수 있었던 것은 성실함과 굳은 신념 덕분이었다. 그는 요행을 경계했으며 주어진 일마다 최선을 다하는 적극적이고 긍정적인 자세로 삶에 임했다. 그는 노력도 하지 않고 잘되기를 바라는 사람들에게 다음과 같이 말했다.

"어느 곳에 돈이 떨어져 있다면 길이 멀어도 주우러 가면서, 제 발밑에 있는 일거리는 발로 차 버리고 지나치는 사람이 있다. 눈을 뜨라. 행복의 열쇠는 어디에나 떨어져 있다. 기웃거리고 다니기 전에 먼저 마음의 눈을 닦으라."

성실과 열정으로 값진 삶을 살았던 카네기의 말은 어떤 말보다 힘이 세다.

▣ 김옥림의 「명언으로 읽는 100명의 인생철학」에서

●思索●

1835년 태어난 앤드류 카네기가 1919년 당시로서는 고령인 84살의 나이로 죽은 것도 어찌 보면 축복받은 삶이 아닐까 싶다.

그런 이유는 그가 어마어마한 재산을 사회에 환원하는 등 평소 좋은 일을 한 덕분이라고 생각한다.

카네기는 산업계에서 은퇴한 후 자선사업에만 전심전력을 기울였다. 그의 자선사업은 실로 어마어마한 규모였다.

독일 문호 괴테는 "이 세상의 가장 아름다운 선물은 눈에 보이는 형체보다 가슴속에 숨겨져 있는 보이지 않는 따스한 마음이 아닐까. 사랑하는 것이 인생이다. 사람과 사람 사이의 결합이 있는 곳에 기쁨이 있다"고 말했다.

사랑을 한없이 주고 싶은 사람이 있다는 것은 행복이다. 또한 하염없이 바라보고 싶은 사람이 있다는 것 역시 마찬가지다.

이 세상에 사랑만이 누릴 수 있는 행복, 사랑한다는 것은 내가 살아 있다는 증거이다.

사랑하면 스스로 단정하고 깨끗해지며, 웃어야 할 좋은 일이 생긴다. 사랑을 하려면 남보다 부지런해야 하므로 일석삼조이다.

사랑하는 일은 내일 다시 살아가야 하는 이유와 구실이 생기기 때문이다.

사랑할 줄 모르는 사람은 돌무덤과 같고 사랑을 모르고 사는 사람은 사형선고를 받은 사형수와 매한가지다.

신과 사랑은 동일한 것이다. 사랑은 베푸는 기쁨이며 기술이다. 알량한 자존심과 이기주의, 냉정한 마음은 사랑의 적이다.

그래서 이 세상에 사랑이라는 이름의 선물만큼 훌륭한 것은 없다.

카네기가 가난한 수직공의 아들로 자수성가하면서 사랑의 나눔 정신을 배울 수 있었던 근원은 그를 키운 주변인들이다. 물론 카네기가 검소하고 성실하였기에 그런 행운이 뒤따랐겠지만, 결국 그의 성공 비결은 사랑을 한없이 주고 싶은 마음이 아니었을까?

인연

　사람과 사람이 만나게 되는 일이란 생각할수록 예삿일이 아니다.

　우리들이 태어날 때부터 아니면 그보다 훨씬 더 먼 이전부터 우리들은 이승에서의 이 끔찍한 인연을 마련하기 위하여 서로 아픈 발자국을 조금씩 내딛기 시작했을는지 모른다.

　그것이 나의 의지가 아니었더라고 해도 좋다. 훨씬 더 절대적이고 준엄하고 막강한 어떤 것의 힘.

　그것이 있다고 하더라도 아무튼 우리가 서로 만났다는 사실은 절대로 가벼운 우연이라고 할 수 없는, 훨씬 아프고 쓰라린 여정, 수없는 망설임과 고뇌의 밤, 가슴 설레던 꿈의 아침이 뒤엉켜 피의 색깔로 점철되어 있는 감격, 바로 그 감격이라고 말하고 싶다.

　전생의 원수가 이승에 내려와서는 백 년을 같이 사는 부부로 만난다지만, 생각하면 한 쌍의 남녀가 부부가 되었다는 사실은 전생으로부터 어떤 집요하고 끈질긴 인연이었다는 설명이 아니고는 달리 뭐라고 말할 수 없다.

　부모와 자식으로서의 인연, 스승과 제자로서의 인연, 같은 직장에서 동료라는 인연, 같은 세대에 태어나서 같은 아픔을 가지고 또 서로 영향을 주고받으며, 더구나 한 고장에서 태어나서 같은 백성으로 되었다는 인연 등등…

　이 수많은 인연들은 모두가 하나같이 두렵도록 엄숙하고 슬프도록 아름다우며 확실하고 또 아름다운 것이다.

누가 누구를 감히 소홀히 할 수 있으며, 더구나 구박하고 매질을 할 수 있겠는가?

염치고 무엇이고 다 팽개쳐진 세상에 살면서 잠시 인연의 귀중함을 생각하니 자못 숙연해지는 마음을 누를 길이 없다.

▣ 김혜숙의 「보낼 수 없는 편지」 중에서

▲ 사람과 사람이 만나는 인연의 길은 쉽고도 마냥 쉽지가 않다.

●思索●

우리가 숨 쉬는 하늘 아래 머무는 이 세상에서 추억 한 줌을 남기며 사는 일이란 참으로 소중한 행복이다.

굳이 욕심을 부려 하나를 더 얻으면 무슨 소용이 있을까?

224 말은 입술의 열매이다

미우면 미운 대로, 슬프면 슬픈 대로, 고우면 고운 대로 세상 사에 순응하며 살 일이다.

굳이 성급한 걸음을 재촉해 앞서 갈 일이 뭐가 있을까?

사랑이 부족했다면 더 깊이 사랑하는 법을 배워야겠다. 해답 없는 사랑, 규칙 없는 사랑일지라도 만남은 소중해야 한다.

인연은 참으로 아름다워야 한다. 인연은 만들어가기도 하지만 필연처럼 정해져 있을 수도 있다. 아니 그런 뜻밖의 기회가 의외로 많다.

만날 사람은 언젠가 꼭 만나게 된다. 외관상 인연은 만들어 가는 것 같지만 내면으로 보면 인연은 정해진 경우가 더 많다.

그래서 인연이 모두 정해진 것으로 생각할지 모르지만 그 인연들을 악연과 필연으로 만드는 일은 인간의 몫이다.

인간은 홀로 존재할 수 없다. 그러므로 아픈 어깨 만져주고 다친 마음 토닥여 보다 아름다운 인생 사계 속으로 함께 걸어가야 한다.

하지만 성인들은 함부로 인연을 맺으면 안 된다고 얘기한다. 진정한 인연과 스쳐가는 인연을 구분해 맺어야 한다는 뜻이다.

진정한 인연이라면 최선을 다해서 좋은 인연을 맺도록 노력하고 스쳐가는 인연이라면 무심코 지나쳐 버려야 한다.

그를 구분하지 못하고 만나는 모든 사람들과 헤프게 인연을 맺어놓으면 쓸 만한 인연을 만나지 못하는 대신 어설픈 인연만 만나 그들에 의해 삶이 침해되고 고통까지 받는다.

옷깃을 한번 스치는 사람들까지 인연을 맺는 것은 소모적인 일이다.

지혜로운 이의 삶

유리하다고 교만하지 말고, 불리하다고 비굴하지 말라.

자기가 아는 대로 진실을 말하여 주고받는 말마다 악을 막아 듣는 이에게 평안과 기쁨을 주어라.

무엇을 들었다고 쉽게 행동하지 말고, 그것이 사실인지 깊이 생각하여 이치가 명확할 때 과감히 행동하라.

제 몸 위해 턱없이 악행하지 말고 성내거나 질투하지 말라.

이기심을 채우고자 정의를 등지지 말고, 위험에 직면할 때 두려워하지 말며, 이익을 위해 남을 모함하지 말라.

객기를 부려 만용하지 말고, 허약하며 비겁하지 말며, 지혜롭게 중도의 길을 가라.

이것이 지혜로운 이의 모습이니, 태산 같은 자부심을 갖고 누운 풀처럼 자기를 낮추어라.

임금처럼 위엄을 갖추고 구름처럼 한가로워라.

역경을 참아 이겨내고, 형편이 잘 풀릴 때를 조심하라.

재물을 오물처럼 볼 줄도 알고, 터지는 분노를 잘 다스려라.

때로는 마음껏 풍류를 즐기고, 사슴처럼 두려워할 줄 알고, 호랑이처럼 무섭고 사나워라.

때와 처지를 살필 줄 알고 부귀와 쇠망이 교차함을 알라.

■ 「잡보장경」 중에서

●思索●

「잡보장경(雜寶藏經)」은 5세기 말 서역 출신의 학승 길가야(吉迦夜)와 담요(曇曜)가 공역했다.

총 10권으로 된 이 경은 불교의 인과응보와 권선징악의 교리를 주제로 한 121개의 설화들로 이루어져 있다.

위의 말씀은 웬만한 불자들에게 익숙한 마음을 다스리는 글이다. 여기서 분노에 대해 언급하면서도 결코 부정적인 것으로만 이야기하고 있지 않다.

응당 분노할 일이 있으면 호랑이처럼 무섭고 사나울 줄도 알아야 한다. 하지만 무조건 사납게 날뛰라는 이야기가 아니다. 여기서 "터지는 분노를 잘 다스려라"는 말이 중요하다.

'터지는 분노를 잘 다스림'은 무작정 참는 것도 아니요, 또 무작정 내뿜어서 상대를 파괴하는 것도 아니다. 바로 폭발하는 그 에너지를 잘 운용해 나와 상대 모두를 편안함으로 이끌 수 있는 지혜를 말한다. 그것은 결국 큰 자비심을 바탕으로 한다.

현재 우리 사회는 대립과 모순으로 가득하다. 남북의 대립, 빈부의 격차, 정치의 대립, 무역 이권의 대립, 다문화로 인한 외국인 차별까지 다양하다.

이런 대립의 상황에서 무조건 극단적인 분노의 대립으로만 치달으면 양쪽 모두 아무것도 남지 않는다.

공멸을 피하고 공생으로 가는 지혜가 필요하다.

이순신 장군 어록

집안이 나쁘다고 탓하지 말라.

나는 몰락한 역적의 가문에서 태어나 가난 때문에 외갓집에서 자라났다.

머리가 나쁘다 말하지 말라.

나는 첫 시험에서 낙방하고 서른둘의 늦은 나이에 겨우 과거에 급제했다.

좋은 직위가 아니라고 불평하지 말라.

나는 14년 동안 변방 오지의 말단 수비 장교로 돌았다.

윗사람의 지시라 어쩔 수 없다고 말하지 말라.

나는 불의한 직속상관들과의 불화로 몇 차례나 파면과 불이익을 받았다.

몸이 약하다고 고민하지 말라.

나는 평생 동안 고질적인 위장병과 전염병으로 고통을 받았다.

기회가 주어지지 않는다고 불평하지 말라.

나는 적군의 침입으로 나라가 위태로워진 후 마흔 일곱에 제독이 되었다.

조직의 지원이 없다고 실망하지 말라.

나는 스스로 논밭을 갈아 군자금을 만들었고 스물세 번 싸워 스물세 번 이겼다.

윗사람이 알아주지 않는다고 불만을 갖지 말라.

나는 끊임없는 임금의 오해와 의심으로 모든 공을 빼앗긴 채 옥살이를 해야 했다.

자본이 없다고 절망하지 말라.

나는 빈손으로 돌아온 전쟁터에서 12척의 낡은 배로 133척의 적을 막았다.

옳지 못한 방법으로 가족을 사랑한다고 말하지 말라.

나는 스무 살의 아들을 적의 칼날에 잃었고, 또 다른 아들들과 함께 전쟁터로 나섰다.

죽음이 두렵다고 말하지 말라.

나는 적들이 물러가는 마지막 전투에서 스스로 죽음을 택했다.

　　　　　　　　　　　　　　■ 이순신 장군의 「난중일기」에서

●思索●

이순신 장군을 소재로 한 영화는 아주 오래 전부터 만들어져 왔다. 중고교 학생 시절에 학교에서 단체로 영화 관람을 갈 만큼 기억에 많이 남아 있다.

하지만 최근 누적관객 1760만여 명을 동원한 「명량」의 성공은 가히 경이적이다.

관객 1위를 기록한 이 영화의 성공은 일본 배척과 애국심 마케팅 수혜 등 이유도 있지만 이순신 장군에 대한 고찰이 새로웠던 데 있지 않을까.

영화 「명량」에는 이순신 장군의 명대사가 많이 나온다. 그야말로 촌철살인의 극치를 달린다.

적의 함대가 어란포에 들어온다는 보고를 받고 벽파진에서 우수진으로 진을 옮긴 뒤 수병들에게 '필사즉생(必死則生), 필생즉사(必生則死)'라고 말한다.

다음날 왜선 133척이 어란포를 떠나 명량으로 공격해오자 이순신 장군은 13척의 전선과 군사를 정비해 왜선 31척을 격퇴시킨다. 이순신 장군은 패전 후 남은 13척의 전선과 수군을 정비해 닥쳐올 전투에 대비했다.

조선 수군의 전력을 우려하자 이순신 장군은 선조에게 "신에게는 아직 13척의 전함이 남아 있다"는 비장한 각오의 장계를 올렸다.

끝으로 가장 기억에 남는 명대사는 당시 악마 같은 사회 현실을 꾸짖는 말이다.

"장수된 자의 의리는 충을 좇아야 하고, 충은 백성을 향해야 한다. 백성이 있어야 나라가 있고 나라가 있어야 임금이 있는 법이지."

영화 「명량」을 보고 난 후, 그럼에도 불구하고 여전히 궁금한 질문은 바로 이것이다.

일본은 조선과 대한제국을 그렇게 괴롭혔으면서도 여전히 독도와 정신대 왜곡을 일삼는 이유가 무엇인가?

꽁치 한 마리

고1인 영호는 벌써 사흘째 결석이었다.

퇴근 후 담임인 김 교사는 가파른 언덕을 한참 올라가 방 두 칸짜리 영호네 집을 찾았다.

방안은 어지러웠고 온갖 냄새가 코를 찔렀다.

"아직 저녁도 못 먹었구나, 그렇지?"

김 교사는 구석에 던져진 라면 두 봉지를 끓여 먹으며 처음으로 영호와 많은 얘기를 나누었다.

영호는 초등학교 3학년 때 부모님이 이혼했고 밤무대 밴드 마스터인 아빠와 단 둘이 살았는데 아빠는 잦은 지방 출장으로 한 달에 절반은 집에 들어오지 않는다고 했다.

"선생님, 실은 저 록카페에서 일해요. 사람들의 체취를 느낄 수 있어 좋거든요."

"그래도 공부는 때가 있단다. 아무리 힘들어도 학교는 나오도록 해라."

다음날부터 김 교사는 아침마다 모닝콜을 해서 영호를 깨웠다.

그러나 일주일쯤 지나자 다시 전화를 받지 않았다.

새벽 6시, 김 교사는 아예 영호네 집으로 차를 몰았다.

영호는 그 후부터 조금씩 달라져 갔다.

가끔 수업시간에 질문도 하고 학급 친구들과 어울리며 성적도 조금씩 올라갔다.

그러나 한 달쯤 지났을 때 영호는 자퇴서를 냈다.

"선생님, 노력해 봤지만 학교와 저는 도저히 맞질 않아요."

공든 탑이 와르르 무너지자 김 교사는 드디어 포기하기로 했다.

마지막으로 따뜻한 밥이나 한 끼 먹이고 싶어 영호를 데리고 식당에 갔다.

상 위에 꽁치구이 한 마리가 올라왔다.

영호가 식당 주인에게 물었다.

"이 꽁치는 어떻게 요리하는 거죠?"

영호의 다음 말이 가슴을 쳤다.

"내일 아빠가 오시는데 해 드리면 맛있게 잘 드실 것 같아서요."

순간 김 교사는 눈물이 핑 돌았다.

이렇게 착한 아이를 포기하려 했던 자신이 부끄러웠다.

어느덧 김 교사의 머릿속에는 '포기'라는 단어가 서서히 지워지고 있었다.

■ 권채경의 「빈터를 보면 꽃씨를 심고 싶다」에서

◗思索◖

이 글을 읽고 한동안 초등학교 때의 일들이 떠올라 눈시울이 잠시 뜨거워졌다.

비록 나는 이 글의 영호처럼 그 정도로 가난하지 않았지만 50년 전 시골 학생들이 거의 다 그렇고 그런 힘든 삶을 살았기에 마냥 남의 일 같지가 않았다.

그 당시 영호 같은 아이들은 부지기수로 많았다. 심지어 동생들을 돌보고 뗏값을 해오라며 학교를 못 가게 잡고, 어쩌다 학교에 가면 직접 찾아와 끌고 갈 정도였다. 이 글 속의 영호는 오히려 좋은 선생님을 만나 행복한 것이다.

1967년 제작된 영화 「언제나 마음은 태양(To sir, with love)」이 이와 비슷한 선생과 학생의 이야기이다. 런던의 빈민가 고등학교에 갓 부임한 흑인 교사가 애정 어린 교육을 통해 반항기 많은 학생들을 포용하는 과정을 그린 영화이다.

신참 교사가 난폭하고 버릇없는 노동 계층의 불량 학생들로 이루어진 학급과 맞선다는 내용의 1960년대의 십대들이 가졌던 문제와 두려움을 일부 반영한 영화이다.

알고 보면 최근에 히트한 영화나 소설 등이 고전 작품의 이야기 줄거리와 별반 다르지 않는 것은 무엇 때문일까.

아무래도 인간의 기억 수명이 그리 오래 가지 않는 덕을 보는 것이 아닐까.

콩나물시루에 물 주듯

콩나물시루에 물을 줍니다. 물은 그냥 모두 흘러내립니다.

퍼부으면 퍼부은 대로 그 자리에서 물은 모두 아래로 빠져 버립니다.

아무리 물을 주어도 콩나물시루는 밑 빠진 독처럼 물 한 방울 고이는 법이 없습니다.

그런데 보세요. 콩나물은 어느새 저렇게 자랐습니다.

물이 모두 흘러내린 줄만 알았는데 콩나물은 보이지 않은 사이에 무성하게 자랐습니다.

물이 그냥 흘러 버린다고 헛수고를 한 것은 아닙니다.

아이들을 키우는 것은 콩나물시루에 물을 주는 것과도 같다고 했습니다.

아이들을 교육시키는 것은 매일 콩나물에 물을 주는 일과도 같다고 했습니다.

물이 다 흘러내린 줄만 알았는데, 헛수고인 줄만 알았는데, 저렇게 잘 자라고 있어요.

물이 한 방울도 남지 않고 모두 다 흘러 버린 줄 알았는데, 그래도 매일매일 거르지 않고 물을 주면 콩나물처럼 무럭무럭 자라요. 보이지 않는 사이에 우리 아이가…

■ 이어령 「천년을 만드는 엄마」에서

234 말은 입술의 열매이다

●思索●

고령의 나이에도 불구하고 아직도 왕성한 활동을 하고 있는 이 어령 천재학자의 글은 의외로 어렵지 않다.

그는 교수로 재임 당시 학생들에게 편안한 강의로 신금을 울렸다.

김치, 대나무, 연 등 사소한 사물 하나로 2시간 동안 이야기를 풀어 나가는 강의를 듣고 나면 울컥하는 감동을 느꼈다는 것이다.

그의 이야기 결말은 언제나 커다란 지혜로 향하고 있다. 김치 하나에 우리나라 민족의 혼과 얼이 담겼고, 우리 문화가 위축되어 있음을 조근조근 풀어 설명해 준다.

여기서는 콩나물시루에 물을 주는 것으로 아이에 대한 사랑을 표현한다.

콩나물시루에 물을 헛수고로 뿌린 줄 알았는데 아이들이 콩나물처럼 매일매일 자라는 데 감동을 느끼고 있다.

새삼스럽게 배우게 되는 '이어령'식의 교수법이다. 얼마 전 암 투병 끝에 딸을 잃은 노교수의 눈물이 가슴속에 거대한 바윗덩어리로 쿵 와닿는다.

가장 훌륭하게 참는 법

나는 항상 이치를 살펴서 어리석음을 다스리니 어리석은 사람이 성내는 것을 보더라도 지혜로운 사람은 침묵으로 성냄을 항복받는다.

힘이 없으면서 힘자랑하는 것, 그것이 바로 어리석은 자의 힘이다.

어리석은 사람은 진리를 멀리 벗어나니 이치로 볼 때 있을 수 없는 일이다.

큰 힘을 가지고 있으면서 약한 사람의 잘못을 용서하는 것은 가장 훌륭한 참음이라 할 수 있으니, 힘이 없으면 어찌 참고 용서하겠는가.

남에게 온갖 모욕을 당할지라도 힘 있는 사람이 스스로 참아내는 것은 가장 훌륭한 참음이니, 스스로 힘이 없어 굴복하는 것이라면 그것을 어찌 참는 것이라 하겠는가.

위험에서 자신을 보호하듯이 두려움에 떨고 있는 다른 사람을 보호하고, 남이 나를 향해 불같은 성질을 내더라도 돌이켜서 스스로 침묵을 지켜라.

이러한 이치를 잘 지키면 스스로 이롭고 남에게도 이롭다.

어리석은 사람들은 이러한 이치를 깨닫지 못했기 때문에 침묵하고 참는 사람에게 자신이 이긴 것으로 여겨 오히려 험담을 하나니 모욕을 말없이 참아내는 사람이 언제나 이기고 있다는 것을 알지 못한다.

자기보다 강한 사람 앞에서 애써 참는 것은 두렵기 때문에 참는 것이요, 자기와 같은 사람 앞에서 참는 것은 싸우기 싫어서 참는 것이며, 자기보다 약한 사람 앞에서 참는 것이 가장 훌륭한 참음이다.

■「잡아함경(雜阿含經)」에서

▲ 자기보다 약한 사람 앞에서 참는 것이 가장 훌륭한 참음이다. 사진은 연약한 임산부를 보호하기 위한 금줄로 요즘은 좀처럼 보기 힘들다.

●思索●

「잡아함경(雜阿含經)」은 총 50권 1362경으로 이루어진 경전으로 구나발라타가 한역했다. 그는 중인도 바라문 출신으로 어릴 때부터 천문, 수학, 의술, 주술 등에 능통했다.

「잡아함경(雜阿含經)」은 다른 아함경에 없는 아함부 경전을 모아놓은 것으로 가장 원시적인 경전의 모습을 띠고 있다.

이 경전은 고공, 무상, 무아, 팔정도에 관한 교리를 아주 간단한 형태로 싣고 있다.

이 경전을 통해 부처님과 여러 제자들의 인간적인 아주 소박한 모습과 불교사상의 원초적인 모습을 볼 수 있다.

이 '가장 훌륭하게 참는 법'이란 글에서도 알 수 있듯이 1500년 전의 경전 속 세상 이치가 지금과 별반 다를 것이 없다는 데 마음을 여미게 한다.

여기서 어리석은 자는 힘이 없으면서 힘자랑을 한다고 강론한다. 그 반면 큰 힘을 가지고 있으면서 약한 사람의 잘못을 용서하는 것이 가장 훌륭한 참음이라고 한다.

남에게 온갖 모욕을 당할지라도 힘 있는 사람이 스스로 참아낸 훌륭한 참음과 스스로 힘이 없어 굴복한 것은 하늘과 땅 차이가 아닐까?

■■■■■■■■■■■■■■■■■■■■■■■■ ☼ ■■■■■■■■■■■■■■■■■■■■■■■■

살아온 세월은 아름다워

살아온 세월은 아름다웠다고
비로소 가만가만 끄덕이고 싶습니다.
황금저택에 명예의 꽃다발로 둘러싸여야
아름다운 삶이 되는 것은 아니라고
길지도 짧지도 않았으나 걸어온 길에는
그립게 찍혀진 발자국들도 소중하고 영원한
느낌표가 되어 주는 사람과 얘기 거리도 있었노라고.
작아서 시시하나 안 잊히는 사건들도
이제 돌아보니 영원한 날들은 아름답고 아름다웠느니
앞으로도 절대로 초조하지 말며 순리로
다만 성실을 다하며 작아도 알차게 예쁘게 살면서
이 작은 가슴 가득히 영원한 느낌표를 채워 가자고
그것들은 보석보다 아름답고 귀중한
우리의 추억과 재산이라고
우리만 아는 미소를 건네주고 싶습니다.
미인이 못 되어도 일등을 못 했어도,
출세하지 못 했어도,
고루고루 갖춰놓고 살지는 못해도,
우정과 사랑은 내 것이었듯이,

아니 나아가서 우리의 것이듯이
앞으로도 나는 그렇게 살고자 합니다.
그대 내 가슴에 영원한 느낌표로 자욱져 있듯이
나도 그대 가슴 어디에나
영원한 느낌표로 살아 있고 싶습니다.

■ **유안진의 시집에서**

●思索●

이 시는 1986년 이향아·신달자 등과 「지란지교를 꿈꾸며」 수필집을 펴내 큰 인기를 얻어 유명해진 유안진 시인이 쓴 단아한 작품이다.

유안진 시인이 살아온 세월이 평범하지 않으면서도 고상하게 살아온 것을 아름답다고 되돌아본 풍경이 고즈넉하다.

시인은 지금까지 순리대로 살아왔다고 추억한다. 앞으로 절대 초조하지 않고 성실하게, 작아도 알차게 예쁘게 살면서 마음속에 영원한 느낌표를 채워 가자고 다짐한다.

이 시를 읽으면 새삼 보석보다 아름답고 귀중한 삶의 진정한 의미를 되새기며 자신을 다시 한 번 되돌아보는 기회가 된다.

시인이 아직도 독자들의 가슴에 영원한 느낌표로 살아 있는 이유는 그런 소박함에서 비롯된 것이 아닐까.

하나의 씨앗이 되게 하라

당신의 마음에 어떤 믿음이 움터 나면 그것을 가슴속 깊은 곳에 은밀히 간직해 두고 하나의 씨앗이 되게 하라.

그 씨앗이 당신의 마음의 토양에서 싹트게 하여 마침내 커다란 나무로 자라도록 기도하라.

묵묵히 기도하라.

사람은 누구나 신령스런 영혼을 지니고 있다.

우리가 거칠고 험난한 세상에서 살지라도 맑고 환한 그 영성에 귀를 기울일 줄 안다면 그릇된 길에 헛눈을 팔지 않을 것이다.

아무리 소중하고 귀한 것일지라도 입 벌려 쏟아버리고 나면 빈 들녘처럼 허해질 뿐이다.

어떤 생각을 가슴속 깊은 곳에 은밀히 간직해 두면 그것이 씨앗이 되어 싹이 트고 잎이 펼쳐지다가 마침내는 꽃이 피고 열매를 맺게 될 것이다.

열매를 맺지 못하는 씨앗은 쭉정이로 그칠 뿐 하나의 씨앗이 열매를 이를 때 그 씨앗은 세월을 뛰어넘어 새로운 씨앗으로 거듭난다.

■ 법정 스님의 「버리고 떠나기」에서

●思索●

법정 스님은 이 글을 쓰면서 "나는 살아오면서 성급한 마음에 앞으로 달려 나갈 줄만 알았지. 씨앗이 될 수 있도록 노력하는 모습이 너무도 부족하고 미숙한 점이 많지 않았는지 반성해 본다"고 술회했다.

불교신자들에게 존경받는 인물이면서도 스스로 돌아볼 때는 여전히 미숙했다고 반성하는 그 깊은 마음은 어디서 비롯된 것일까?

▲ 열매를 맺지 못하는 씨앗은 쭉정이로 그칠 뿐이다. 사진은 하늘을 날기 위한 씨앗.

각자 마음속에 은밀한 씨앗의 믿음을 키워 커다란 나무로 자라게 하라는 뜻이다. 다만 그 소중하고 귀한 씨앗을 함부로 누설하지 말라는 고귀한 법어이다. 열매를 맺지 못하는 쭉정이 씨앗으로 만들지 말라는 뜻이 오랫동안 가슴에 긴 여운으로 남는다.

행복에 이르는 길

주어진 것이라고 자신의 것이 아닙니다.

노력하여 자신의 것으로 만들지 않으면 남의 것이나 다름없습니다.

주어지지 않은 것을 욕심내면 삶은 고통스러워집니다.

사람마다 주어진 것이 다르듯 주어진 것으로 삶을 가꾸고 꽃 피우는 법도 다릅니다.

그렇기 때문에 각자 느끼는 행복도 다른 법입니다.

행복은 주어진 것으로 만들어야지, 주어지지 않은 것에 마음을 두면 부족함과 불평으로 자신의 삶에 소홀해질 수밖에 없습니다.

꿈을 이루었냐는 주어진 삶 끝에 서야 알 수 있습니다.

자신의 삶을 소중히 하고 감사하며 '만족하며 사는 삶'이 행복에 이르는 길입니다.

산다는 것은 자신이 가지고 있지 않은 것을 아쉬워하고 불평하기보다 지금 손에 쥐고 있는 것을 충분히 즐기는 것, 하루하루를 감사하고 풍요로워지는 것입니다.

■ 안만식의 「기다림이 있어 삶이 아름답습니다」에서

●思索●

과연 행복에 이르는 길은 어떤 길일까?

사람들은 흔히 여기서 자신의 삶을 소중히 여기고 만족하는 삶이 행복이라고 말한다. 새삼 '행복한 사람이 되는 조건 10가지'을 되새겨 보며 인생을 조망해 본다.

용서할 줄 아는 사람이 행복하다. 작은 것에 감사하는 사람이 행복하다. 좋아하는 사람이 많을수록 행복하다.

사랑하는 사람이 많으면 행복하다. 고난 속에서도 희망을 가지는 사람이 행복하다.

좋은 생각을 하는 사람이 행복하다. 건강한 몸과 마음을 가진 사람이 행복하다. 중요한 일에 바쁜 사람이 행복하다.

감사하는 마음으로 음식을 잘 먹는 사람이 행복하다. 남의 마음까지 헤아려 주는 사람이 행복하다.

이만큼 행복한 사람이 되려면 인내와 고통이 얼마나 따를까?

이 글을 쓴 이는 '행복에 이르는 길'이 곧 자신에게 주어진 삶을 소중히 하고 감사하며 만족하게 사는 것이라고 결론짓는다.

무엇보다 자신에게 없는 것을 부러워하거나 아쉬워하지 않는 데 행복의 요점이 숨겨져 있지 않을까.

무엇이 되느냐가 더 중요하다

무엇을 하느냐보다 무엇이 되느냐가 더 중요하다.

먼저 좋은 나무가 되면 좋은 열매는 저절로 맺게 되는 법이다. 그러나 세상 사람들은 좋은 열매만 많이 따려는 것처럼 위대한 사람이 되려고만 애쓰지 먼저 좋은 나무가 되려고 하지 않는다.

하는 것보다 되는 것이 더 중요한 것이다.

우리의 인격과 사람됨이 바르면 말을 잘하던 못하던 남에게 감동을 주게 된다.

우리는 겉에 나타나는 말이나 행동보다도 우리 속에 있는 생각과 마음먹는 것이 항상 진실하고 겸손하고 죄악을 멀리하도록 힘써야 한다. 위대한 업적을 남기고 위대한 일을 많이 하기에 앞서 됨직한 사람이 되기에 힘써야 한다.

무엇을 하느냐가 중요한 것이 아니라 어떤 사람이 되느냐가 더 중요한 것이다.

▣ 앤드류 토우니의 「세상은 꿈꾸는 자의 것이다」에서

●思索●

앤드류 토우니는 이 글을 통해 삶은 때로는 낯설고 고통스럽지만 '마음을 바꾸면 인생도 달라진다'는 평범한 진리를 일깨워 주고 있다.

고 김대중 대통령은 "모든 사람이 인생의 사업에서 성공할 수는 없다. 그러나 모든 사람이 인생의 삶에서 성공할 수는 있다"며 "그것은 무엇이 되느냐에 목표를 두지 말고, 어떻게 사느냐에 목표를 두고 사는 삶의 길을 가는 것이다"고 말했다.

▲ 어떻게 사느냐가 중요하다고 설파한 법정 스님.

법정 스님은 무엇이 되느냐보다 어떻게 사느냐가 더 중요하다고 말했다. 삶의 의미가 어디에 있는지 스스로 물으면서 탐구하는 과정에서 보다 값진 인생을 이룰 수 있다고 했다.

하루하루 살아가는 그 안에서 고마움과 기쁨을 찾아내 누릴 줄 알아야 한다고 했다. 결국 무엇을 하느냐보다 어떤 사람이 되느냐가 더 중요하다는 뜻이다.

빠름이 미덕인 시대

늘 남들보다 뒤쳐질까 불안해하며 달려가는 게 우리들의 모습이다.

프랑스의 사회철학자 피에르 쌍소는 "인간의 모든 불행은 고요한 방에 앉아 휴식할 줄 모르는 데서 온다"는 파스칼의 말을 인용하며 느리게 사는 삶을 제시한다.

여기서의 느림은 게으름이 아니라 삶의 길을 가는 동안 나 자신을 잃어버리지 않고, 조금 천천히 가더라도 인생을 바로 보자는 의지이다.

느리게 사는 지혜를 갖기 위해 쌍소가 제시한 몇 가지 삶의 태도는 다음과 같다.

첫 번째, 한가로이 거닐 것.

혼자만의 시간을 발길 닿는 대로 가보자. 복잡한 거리라도 긴장감을 버리고 느긋하게 걷다 보면 숲속에 온 듯한 느낌을 받는다.

아무 생각도 목적도 없이 걷고 있지만 어느덧 나라는 존재에 대해 깊숙이 생각하고 있는 자신을 발견하게 될 것이며, 은밀한 행복감마저 느끼게 된다.

두 번째, 들을 것.

대개 듣기보다 말하기를 더 좋아하지만, 다른 사람의 목소리에 조용히 귀 기울여 듣는 것도 중요하다. 상대방의 말을 들어준다는 것은 자신의 존재를 잊는다는 것이다.

급하게 대답하는 것을 자제하고 다른 사람의 이야기에 몰입할 때 더 많은 것을 얻을 수 있으며 그만큼 삶은 성숙해진다.

세 번째, 권태로울 것.

권태로움은 아무것에도 애정을 느끼지 않는다는 것이 아니라 일상의 사소한 것들을 소중하게 느끼는 것이다. 우리를 가두어 놓는 온갖 것들을 느긋한 마음으로 멀찌감치 서서 바라보며 기분 좋게 기지개를 켜고 만족스런 하품도 해보자.

그러나 권태는 세상을 보다 성실하게 살기 위한 것이므로 언제나 절제되어야 함을 잊지 말자.

네 번째, 기다릴 것.

자유롭고 무한히 넓은 미래의 가능성이 자신에게 열려 있다는 마음가짐을 갖자. 내가 꿈꾸는 것이 삶 속에 들어오기까지는 시간이 걸린다. 조바심 내지 않고 열린 마음으로 기다리면 미래는 곧 눈앞에 활짝 펼쳐질 것이다.

다섯 번째, 마음의 고향을 간직할 것.

마음 깊은 곳에서 희미하게 퇴색한 추억들을 떠올려 보자. 개울가에서 발가벗고 멱 감던 일, 낯설음에 눈물짓던 초등학교 입학식, 동무와 손잡고 걷던 먼지투성이 신작로…. 지나간 흔적 속에서 우리는 마음의 평안과 삶의 애착을 느끼게 된다.

여섯 번째, 글을 쓸 것.

마음속 진실이 살아날 수 있도록 조금씩 마음의 소리를 글로 써보자. 자신의 참모습에 가까이 다가서려면 인내와 겸손이 필요하다. 스스로를 꾸미고 살지 않겠다는 다짐으로 마음속 깊은 곳의 진실에 귀를 기울여 보자.

▣ 피에루 쌍소의 「느리게 산다는 것의 의미」에서

●思索●

아쉽게도 우리들은 오늘날 자동차의 속도에 길들여지고 시간에 쫓기면서 인간적인 '걸음'을 잃어 가고 있다. '걸음'은 그 속에 건강과 사색과 즐거움과 안목을 갖추고 있다.

항공기와 기차와 선박과 자동차를 타고 돌아다니는 오늘날의 여행은 자신의 발로 뚜벅뚜벅 걸어 다니던 예전의 도보여행과 그 상황이 전혀 다르다.

자아발견과 자기탐구는 등한시하며 자성거리에 급급할 뿐 가벼워진 지갑과 청구서만 가지고 지쳐서 돌아온다. 이는 너무 빠르기 때문에 일어나는 당연한 귀결이다.

앞에서 피에루 쌍소가 지적했듯이 '느리게 사는 지혜'를 갖기 위한 삶의 태도가 요즘 같이 빠른 시대에 맞물려 묘한 뉘앙스를 풍긴다.

"인간의 모든 불행은 고요한 방에 앉아 휴식할 줄 모르는 데서 온다"고 한 파스칼의 말은 현대를 살아가는 이들에게 많은 것을 시사한다.

새삼 느린 삶의 미학을 관조하게 된다.

남이 하면, 내가 하면?

이런 생각해 본 적 있나요?

남이 자기 방식을 고수하면 완고한 것이고, 내가 내 방식을 고수하면 심지가 굳고 단호한 것입니다.

남이 내 친구를 싫어하면 편견에 사로잡힌 것이고, 내가 남의 친구를 싫어하는 건 사람을 볼 줄 알기 때문입니다.

남이 누군가에게 특별히 잘해주는 건 아부성 노력이고 내가 잘해주는 건 순수한 배려일 뿐입니다.

남이 일을 할 때 오래 걸리면 게으른 탓이고 내가 시간을 많이 들이는 이유는 꼼꼼한 탓입니다.

남이 지출을 많이 하면 씀씀이가 헤픈 것이고 내가 지출이 많은 건 마음이 넉넉한 탓입니다.

남이 잘못을 지적하면 비판적인 것이고 내가 잘못을 지적하면 예리한 것입니다.

남이 온순하면 나약한 것이고 내가 온순한 건 우아한 것입니다.

남이 잘 차려 입으면 허영심이 많은 것이고 내가 잘 차려 입으면 미적 감각이 뛰어난 것입니다.

남이 자기 생각을 말하면 성질이 나쁜 것이고 내가 내 생각을 말하면 솔직한 것입니다.

남이 큰 위험을 감수하면 무모한 것이고 내가 위험을 감수하면 용감한 것입니다.

사랑이 옅은 곳에 허물이 짙습니다.

　　　　　　　　　■ **홍종락의 「햇살 한 숟가락」에서**

　　●思索●

"남이 하면 불륜이고 내가 하면 로맨스"라는 말이 있다. 노래에는 "점 하나 찍으면 남이고, 점 하나 지우면 님"이라는 가사도 있다.

그만큼 남과 나를 비교하는 잣대는 주체에 따라 판이하게 다르다. 앞에서 행복한 삶을 살아가는 데 아주 중요한 덕목으로 남을 보다 더 이해하고 사랑하라고 말해 왔다.

그러나 인간인 이상 그런 실현이 마냥 쉬운 것이 아니다. 실제로 이런 일은 실생활에서 흔히 겪는다.

차를 타고 갈 때는 늦게 가는 행인을 욕하고 횡단보도를 건널 때는 빵빵거리는 운전사를 욕한다.

남이 차를 천천히 몰면 소심운전이고, 내가 천천히 몰면 안전운전이다.

엘리베이터를 이용할 경우 내가 탈 때까지 열림 단추를 계속 눌러야 하고, 나는 남이 타건 말건 닫힘 단추를 빨리 눌러야 한다.

이만큼 남과 내가 생각이 다른데 어찌 합친다는 것이 쉬울까?

마음을 다스리는 글

복은 검소함에서 생기고 덕은 겸손에서 생기며 지혜는 고요히 생각하는 데서 생긴다.

근심은 욕심이 많은 데서 생기고 재앙은 탐하는 마음이 많은 데서 생기며 허물은 경솔하고 교만한 데서 생기고 죄악은 어질지 못하는 데서 생긴다.

눈을 조심하여 남의 그릇됨을 보지 말고, 맑고 아름다움을 볼 것이며, 입을 조심하여 실없는 말을 하지 말라.

착한 말 부드럽고 고운 말을 언제나 할 것이며 몸을 조심하여 나쁜 친구를 사귀지 말고 어질고 착한 이를 가까이 하라.

이익 없는 말을 실없이 하지 말고, 내게 상관없는 일을 부질없이 시비치 말라.

부모에게 효도하며, 어른을 공경하고, 덕 있는 이를 받들며, 지혜로운 이와 어리석은 이를 분별하고, 모르는 이를 너그럽게 용서하라.

순리대로 오는 것을 거절 말고, 가는 것을 잡지 말며, 일이 지나갔음에 원망하지 말라.

총명한 사람도 어두운 때가 있고, 계획을 잘 세워도 기대에 어긋나는 수가 있다.

남을 손상하면 마침내 그것이 자기에게 돌아오고, 세력에 의지하면 도리어 재앙이 따른다.

조심하는 것은 마음에 있고, 지키는 것은 행동에 있다.

절약하지 않음으로써 집을 망치고, 청렴하지 않음으로써 지위를 잃는다.

그대에게 평생을 두고 권고하나니 하찮은 일에도 조심하여 놀라워하며 두려워할 일이다.

위엔 하늘의 거울이 임하여 있고 아래엔 땅의 신령이 살피고 있다. 밝은 곳엔 진리가 이어져 있고 어두운 곳엔 귀신이 따르고 있다.

오직 바른 것을 지키고 마음을 속이지 말지니 조심하고 또 조심하라.

■ 「명심보감」의 '성유심문'에서

▲ 허수아비도 마음을 다스릴까?

●思索●

「명심보감」은 고려시대 때 어린이들의 인격 수양을 위해 중국 고전에서 선현들의 금언과 명구를 편집해 만든 책이다.

주로 한문을 배우기 시작할 때 「천자문」을 익힌 다음 「동문선습」과 함께 기초 과정의 교재로 사용됐다.

「명심보감」의 명언들을 읽어보면 1천년 전의 옛날이 현재와 별반 다를 것이 없는 사회생활이었다는 사실을 추측할 수 있다.

다만 근세 들어 산업혁명에 따른 급격한 변화로 선현들이 추구하던 도덕과 인간적인 면이 급속도로 변질된 것은 어쩔 수 없는 현상이다.

그럼에도 불구하고 현대사회에서도 여전히 선현들의 좋은 전통은 존중되고 있다. 이를 통해 내 자신을 돌아보며 마음에 새겨 실천할 수 있는 계기가 된다.

하지만 '성유심문'의 마음을 다스리는 글을 읽고 제대로 깨우치려면 불현 듯 본인 스스로 성인(聖人)이 돼야 이해할 만큼 너무나 완벽하다.

마치 도인이 도를 닦듯 하는 데 고개가 절로 숙여진다.

과연 이렇게까지 마음을 다스려야 되는 것일까?

바라지 마라

1. 몸에 병 없기를 바라지 말라. 몸에 병이 없으면 탐욕이 생기기 쉽나니, 그로써 성인이 말씀하시되 "병고로서 양약을 삼으라"고 하셨느니래염신불구무병(念身不求無病) 신무병즉탐욕역생(身無病則貪欲易生)].

2. 세상살이에 곤란함이 없기를 바라지 말라. 세상살이에 곤란함이 없으면 업신여기는 마음과 사치한 마음이 생기나니, 그래서 성인이 말씀하시되 "근심과 곤란을 벗 삼아 세상을 살아가라"고 하셨느니래처세불구무난(處世不求無難) 세무난즉교사필기(世無難則驕奢必起)].

3. 공부하는 데 마음에 장애 없기를 바라지 말라. 마음에 장애가 없으면 배우는 것이 넘치게 되나니, 그래서 성현이 말씀하시되 "장애 속에서 해탈을 얻으라"고 하셨느니래구심불구무장(究心不求無障) 심무장즉소학렵등(心無障則所學躐等)].

4. 수행하는 데 마가 없기를 바라지 말라. 수행하는 데 마가 없으면 서원이 굳건해지지 못하나니, 그래서 성현이 말씀하시되 "모든 마군으로서 수행을 도와주는 벗을 삼으라"고 하셨느니래입행불구무마(立行不求無魔) 행무마즉서원불견(行無魔則誓願不堅)].

5. 일을 꾀하되 쉽게 되기를 바라지 말라. 일이 쉽게 되면 뜻을 경솔한 데 두게 되나니, 그래서 성인이 말씀하시되 "여러 겁을 꺾

어서 일을 성취하라"고 하셨느니라[모사불구역성(謀事不求易成) 사역성즉지존경만(事易成則志存輕慢)].

6. 친구를 사귀되 내가 이롭기를 바라지 말라. 내가 이롭고자 하면 의리를 상하게 되나니 그래서 성인이 말씀하시되 "순결로서 사귐을 길게 하라"고 하셨느니라[교정불구익오(交情不求益吾) 교익오즉휴손도의(交益吾則虧損道義)].

7. 남이 내 뜻대로 순종해주기를 바라지 말라. 남이 내 뜻대로 순종해주면 마음이 스스로 교만해지나니, 그래서 성인이 말씀하시되 "내 뜻에 맞지 않는 사람들로서 원림을 삼으라"고 하셨느니라 [우인불구순적(于人不求順適)   인순적즉심필자긍(人順適則心必自矜)].

8. 공덕을 베풀려면 과보를 바라지 말라. 과보를 바라면 도모하는 뜻을 가지게 되나니, 그래서 성인이 말씀하시되 "덕을 베푸는 것을 헌신처럼 버리라"고 하셨느니라[시덕불구망보(施德不求望報) 덕망보즉의유소도(德望報則意有所圖)].

9. 이익을 분에 넘치게 바라지 말라. 이익이 분에 넘치면 어리석은 마음이 생기나니, 그래서 성인이 말씀하시되 "적은 이익으로서 부자가 되라"고 하셨느니라[견리불구첨분(見利不求沾分) 리첨분즉치심역동(利沾分則痴心亦動)].

10. 억울함을 당해서 밝히려고 하지 말라. 억울함을 밝히면 원망하는 마음을 돕게 되나니, 그래서 성인이 말씀하시되 "억울함을 당하는 것으로 수행하는 문을 삼으라"고 하셨느니라[피억불구신명(被抑不求申明) 억신명즉원한자(抑申明則怨恨滋生)].

▣ 이민홍 시인 역저 「보왕삼매론」에서

●思索●

아무리 뛰어난 기획자라도 하늘이 막으면 기획의 성공을 열 자가 없으며, 아무리 무능해도 하늘이 열면 천재가 되느니라. 때를 아는 자는 기다릴 줄 안다.

「보왕삼매론」은 수행과정에서 나타나는 장애를 극복하기 위한 10가지 지침을 담고 있다.

본서는 국내에서 일상의 의식문을 모은 서적뿐만 아니라 초보자에 이르기까지 마음을 다스리는 데 널리 읽히고 있다.

「보왕삼매론」의 저자는 중국 명조 말기의 고승인 지욱(智旭)으로 알려져 있으나 이와 달리 「보왕삼매염불직지(寶王三昧念佛直旨)」의 서문에는 원말명초(元末明初)의 이름난 선승인 묘협(妙峽)으로 명시돼 있다.

십대애행 부분이 곧 「보왕삼매론」은 아니고 그 중 상당 부분을 생략하고 발췌하여 단순화시킨 것이다.

보왕삼매론은 참고 견디며 살아가야 하는 사바세계에서 어떤 마음가짐을 갖고 살아야 할 것인가를 옛 선사들이 교훈으로 얘기한 것이다. 즉 생활의 지혜이며, 경계가 아닌 역경계, 삶의 거스름 속에서 터득하는 생활의 지혜, 자기관리에 대한 일종의 처세이다.

큰스님들은 신앙생활이 끝없는 복습이라고 말한다. 영적인 체험은 복습의 과정을 통해 얻어진다는 것이다.

복습은 단순한 반복이 아니라 새로운 시작이다. 어제까지 익혔던 정진은 어제로 끝난 것이다. 오늘부터 새로운 시작이다.

너무 지나간 과거에 얽매이지 말고 훌훌 털어버렸으면 한다.

나란히 함께 간다는 것

길은 혼자서 가는 게 아니라는 뜻이다.
멀고 험한 길일수록
둘이서 함께 가야 한다는 뜻이다.
철길은 왜 나란히 가는가?
함께 길을 가게 될 때에는 대등하고 평등한 관계를
늘 유지해야 한다는 뜻이다.
토닥토닥 다투지 말고, 어느 한쪽으로 기울지 말고,
높낮이를 따지지 말고 가라는 뜻이다.
철길은 왜 서로 닿지 못하는 일정한 거리를 두면서 가는가.
사랑한다는 것은 둘이 만나 하나가 되는 것이지만
하나가 되기 위해서는 둘 사이에
알맞은 거리가 필요하다는 뜻이다.
서로 등을 돌린 뒤에 생긴 모난 거리가 아니라
서로 그리워하는 둥근 거리 말이다.
철길을 따라가 보라.
철길은 절대로 90도 각도로 방향을 꺾지 않는다.
앞과 뒤, 왼쪽과 오른쪽을 다 둘러본 뒤에 천천히,
둥글게, 커다랗게 원을 그리며 커브를 돈다.
이 세상의 모든 사랑도 그렇게 철길을 닮아가라.

■ 안도현의 「아침 엽서」에서

●思索●

　이 세상의 모든 일은 무엇이든 결심·결정하는 것이 쉽지 않다. 내일의 일을 알 수 없으니 흔들리는 것은 당연하다.

　말로는 쉽게 행복과 기쁨을 찾을 수 있다지만 누구에게나 힘든 일은 있게 마련이다.

　어쩌다 나이 들고 건강을 잃으면 아차 하고 후회하지만 이미 때는 늦어 있다.

　결국 내 인생은 내가 스스로 찾아갈 뿐인데 어쩌다 무엇에 홀려 그렇게 살아왔는지 모를 일이다.

　아무리 옷이 화려해도 몸에 맞지 않으면 불편하듯이 내가 아닌 남의 삶을 살고 있으면 불안하다.

　나를 찾지 못하면 상대방에게 나를 주장하지만 그 반대의 경우는 상대를 배려하는 여유가 생긴다.

　마치 서로 간격을 두며 다투지 않으며 서로의 입장에서 뻗어나가는 철길처럼….

용서는 가장 큰 수행

용서는 우리로 하여금 세상의 모든 존재를 향해 나아갈 수 있게 한다.

우리를 힘들게 하고 상처를 준 사람들 우리가 '적'이라고 부르는 모든 사람을 포함해 용서는 그들과 다시 하나가 될 수 있게 해준다. 그들이 우리에게 무슨 짓을 했는가는 상관없이 세상 모든 존재는 우리 자신이 그렇듯 행복해지기 위해 노력한다는 사실을 떠올려 보라.

그러면 그들에 대한 자비심을 키우기가 훨씬 쉬울 것이다.

나는 행복해지는 것이야말로 삶의 목적이라고 믿는다. 세상에 태어나는 순간부터 사람은 누구나 행복을 원하고, 고통을 원치 않는다. 이것은 사회적 여건이나 교육 또는 사상과는 무관하다.

우리는 내면 깊숙한 곳에서부터 그저 만족감을 원할 뿐이다. 그러므로 무엇이 우리에게 가장 커다란 행복을 가져다줄 것인가를 알아내는 것이 중요하다. 그것은 다름 아닌 용서와 자비이다.

고통을 견뎌낼 수 있는 인내심을 키우기 위해서는 우리를 상처 입힌 누군가가 있어야 한다. 그런 사람들이 있어서 우리는 용서를 베풀 기회를 얻는 것이다.

그들은 우리의 스승조차 할 수 없는 방식으로 우리 내면의 힘을 시험한다. 용서와 인내심은 우리가 절망하지 않도록 지켜주는 힘이다.

　나는 새로운 사람을 만날 때, 굳이 서로를 소개해야 할 필요성을 느끼지 못한다. 그는 나와 같은 단 하나의 사람일 뿐이다. 움직이고, 미소 짓는 눈과 입을 가진 존재를 소개해야 할 필요성을 느낀 적은 없다.

　우리는 피부색만 다를 뿐, 모두 똑같은 존재다. 살아 있는 어떤 존재라도 사랑하고 자비를 베풀 수 있다면, 무엇보다 우리를 미워하는 이들에게 그런 마음을 가질 수 있다면 그것이야말로 참다운 사랑이고 자비이다.

　누가 우리에게 용서하는 마음을 가르쳐 주는가. 다름 아닌 우리의 반대편에 서서 우리를 적대시하는 사람들이다. 그들이야말로 진정한 스승들이다.

　다른 인간 존재에 대해 분노와 미움, 적대적인 감정을 가지고 싸움에서 승리를 거둔다 해도, 삶에서 그는 진정한 승리자가 아니다.

　그것은 마치 죽은 사람을 상대로 싸움과 살인을 하는 것과 같다. 왜냐하면 인간 존재는 모두 일시적이며 결국 죽게 되어 있기 때문이다. 전쟁터에서 죽는가, 병으로 사망하는 가는 별개의 문제다.

　어쨌든 우리가 적으로 여기는 사람들은 언젠가는 죽기 마련이고, 그러므로 결국 사라질 사람들을 죽이고 있는 것과 마찬가지다. 진정한 승리자는 적이 아닌 자기 자신의 분노와 미움을 이겨낸 사람이다.

　용서의 마음을 가지고 있으면 다른 사람이 어떤 모습을 하고, 우리에게 어떤 행동을 하든 아무 상관이 없다. 진정한 자비심은 다른 사람의 고통을 볼 줄 아는 마음이다. 그의 고통에 책임을 느끼고, 그를 위해 뭔가를 해주고 싶은 마음이다.

다른 사람의 행복에 마음을 기울일수록 우리 자신의 삶은 더욱 환해진다. 타인을 향해 따뜻하고 친밀한 감정을 키우면 자연히 자신의 마음도 편안해진다. 그것은 행복한 삶을 결정짓는 근본적인 이유가 된다.

나는 한 명의 인간이자 평범한 수도승으로서 이야기할 뿐이다. 내가 하는 말이 그럴 듯하게 들린다면 그대로 한 번 실천해 보기를 바란다.

■ 달라이 라마의 「용서」 중에서

▲ 누가 우리에게 용서하는 마음을 가르쳐 주는가? 먹거리를 챙겨주는 아름다운 반려 견공.

●思索●

'살아 있는 부처'라는 14대 달라이 라마 텐진 갸츠는 16살에 자유를 잃고, 25살에 조국을 빼앗기고 40여년 동안 민족의 운명을 걸머진 채 망명객으로 살아왔다.

고해와 같은 삶 속에서도 '열린 가슴'의 진정한 힘을 전 생애를 통해 증명해 보인 그는 티베트 망명 정부의 수반으로 독립운동에 힘쓰고, 세계 곳곳의 인권수호를 위해 노력한 결과 1989년 노벨평화상을 수상했다.

달라이 라마란 '큰 바다처럼 넓은 지혜를 갖춘 스승'이란 뜻으로 티베트인들에게는 종교 지도자이자 통치권자를 의미한다.

1950년 중국은 티베트를 강제 점령한 이후 '정신개혁'과 '문명화'라는 명분하에 갖은 압박을 가해 왔다.

중국인의 경멸과 감시 속에 힘든 삶을 이어나가는 티베트인들은 순박하면서도 따뜻하게 포용하려는 '용서'의 철학이 잘 그려져 있다.

간디와 비슷한 달라이 라마의 '용서'의 지혜가 무엇인지 다시 한 번 생각하게 해준다.

나의 친구에게

여보게, 창밖을 보게!

이 계절을 축복이라도 하듯 가랑비가 소리 없이 보도 위를 적시고 있네. 허허롭게 다가온 이 계절은 나의 가슴 속에 숱한 상념을 일구어 놓고 폐허의 도심을 스쳐가고 있네.

이 계절에 무엇을 노래할 것인가?

술이나 마시세. 짜릿한 알코올의 감촉이 혀끝을 녹이며 말초신경의 마디마디에 스며들 때, 우리는 시공을 초월한 피안의 세계에 설 수 있을 테니까.

허긴 부끄럽네. 차돌처럼 야물지 못한 것이.

우리가 배웠던 실제의 가치가 비릿한 현실의 의미로 전락해 버린 지금 눅진눅진한 현실의 껍질을 한 겹 두 겹 벗기고, 그곳에 안주할 곳을 찾지 못하는 허약한 육신이 한없이 부끄러워지네.

신문의 한 부분을 온통 차지하는 취업 광고 안내가 나의 시선을 멈추게 하는 이념의 현실이 교차되는 계절!

곳곳에서 술렁이는 구직의 아우성. 나는 신체 건강한 대한민국의 남성이로소이다. 나는 군 복무를 필한 엘리트로소이다 등등….

그러나 나는 미치겠소이다. 살벌한 경쟁이 도사리고 있는 취직문 앞에서 벙어리 냉가슴 앓듯 끙끙거리며, 이력서 봉투 소중히 간직하고 동분서주하던 옛 어느 선배의 우수의 눈 그림자 속에서 나는 보았네.

아직도 떨쳐버릴 수 없는 줄리앙 솔렐의 반항과 라스코리니코의 번뇌를…. 결국 엄청난 투자에 의해 만들어진 지성은 은행 창구에서 지폐 뭉치 헤아리는 행원으로 탈바꿈하고, 추악한 시대의 부조리가 횡행하는 현실 속에서 우리는 약삭빠르고 간사한 현대인이 되어 우리 모두가 어르고 뺨치는 도사의 경지에 도달할 때쯤이면 허허, 정의와 진리가 다 무엇이냐.

권력과 부를 줄달음치는 집요한 욕망 앞에서 정의의 가치는 산산이 부서지고 인간 척도의 기준은 부의 척도에 정비례하고, 그렇게 낮과 밤이 교차되는 인간성 상실의 시대에 우리는 속살을 드러낸 채 살아가고 있는 걸세.

허허, 횡설수설 뒤죽박죽이로구나!

여보게, 은행 창구를 지키는 은행원 나리!

상경 기분이 어떤가?

30년이 넘는 긴 창작 수업을 마침내 한 권의 최종 OK 교정지에 묶어지고 불멸의 거작을 남긴 채 후회 없이 운명한 '프로스트의 일생'을 살고 싶다며 목에 힘주었던 자네가 지방 대학의 법대를 졸업하고 아직껏 그 흔한 신춘문예에서조차 얼굴 보기 힘들고, 판검사 대열에서 이름조차 보기 힘들다니 이 무슨 괴변인가?

패기만만했던 시절 돈이야 없었지만 마음은 언제나 태양처럼 불타오르며 '삼동에 조춘을 잉태'하는 젊음의 혈기로 3년을 보내고, 숨 막히는 지열 속에서 논산훈련소 산등성이를 기어오르며 '요령'이라는 처세를 터득하고, 사회진출의 필요조건을 채우기 위해 '인간일 수 있는 충분한 조건'을 포기하고, 눈 덮인 산야에서 뒹굴었던 34개월의 순수한 조국애는 손바닥 크기의 제대증으로 교환된 지도 벌써 몇 년이 되었는데.

헤이! 나의 친구 은행원 나리! 우리는 단호히 거부하지 않았었나?

소박한 생활철학이나 가치 기준도 없이 시세(時世)에만 순종하는 기성세대의 아류 체질을.

한자리 해먹을 자질 있는 놈, 똑똑한 놈, 전도가 촉망되는 놈으로 평가받기 위해서는 배시시배시시 간사한 웃음을 웃어야 하는, 그래서 조그만 월급봉투에 얽매여 개성이니 창의력이니 하는 단어는 아예 기억 속에서 소멸시켜 버리고 '적시 적소에 알맞은 웃음'을 생산할 수 있도록 습성 개조를 시켜야 하는 돼먹지 않은 시대의 부조리에 침을 뱉었었네.

여보게! 아버님에게 필요한 것은 니체의 '허무'나 샤르트르의 '실존의 의미'가 아니란 걸 우리는 잘 알고 있잖은가?

아버님에 있어서의 인생이란 '살기 이전에 해결해야 하는 문제'가 아니고 '해결하기 이전에 우선 살고 봐야 하는 절박하고 통철한 것'이었네.

자네 말 그대로 어차피 우리 현실이 아담하게 정돈된 문이나 'Happy Ending'이 되지 못하는 것이라면 우리도 한번쯤 치사해질 필요가 있을는지 모르겠네.

그래서 지겨운 가난의 굴레에서 벗어나고 구름 잡는 마음으로 허허거리며 뒤룩뒤룩 살 오른 돼지가 되어 '자기 안으로 은퇴할 필요를 느끼지 않으며 자기의 가능성에 대해서도 무지인 천박한 사고의 덩어리'가 되어 빙글빙글 구르며 살맛나는 세상을 살면 그만인 것을.

그렇지만 은행원이 되신 나의 친구여! 부끄러워 말게.

시대의 부조리와 불합리가 아무리 우리를 압박해도 그 옛날의 영화 「포세이돈 어드벤처」에서처럼 죽음으로써 다시 사는 인간정신의 승리가 우리의 가슴에 살아 있는 한 인간은 멸망할지 모르나 패배하지는 않을 것이네.

친구여!

위대한 인간은 자기의 이상을 연출하는 자라고 했네. 조용히 머리를 식히고 옛날의 우리를 찾아보세. 그리고 우리의 이상과 그 이상을 연출하는데 있어서의 자신의 역할을 파악해 보세.

인간은 고정된 영구적인 형식이 아니고 하나의 실험이며 변이인 것일세. 인간은 완성된 피조물이 아니라 오히려 정신으로부터의 도전이며, 구함을 받는 동시에 두려움을 받는 머나먼 가능성이 아니겠는가?

친구여!

우리 휴화산 같은 젊음의 가능성에 불을 지피고 '벤허'의 자유혼을 폭발하여 '생명을 약동시키고 벵골 꽃불로 불타오르는 나무'가 되어 오늘을 살아가세.

건강하시게.

그리고 조만간 막걸리로 목이나 축이세.

◾ **작가 미상**

●**思索**●

1970년대 말 군복무를 마치고, 한창 취업의 문턱에서 서성이던 시절에 읽었던 편지 쪽지이다.

어느 일간지에 실렸던 글을 그대로 표방하여 나 자신에게 쓴 편지로 생각된다.

물론 신문 지상에 나온 글이었기에 분명히 필자는 있을 것이다. 그러나 여기에서는 그것이 중요하지 않다.

　내가 12장의 원고지에 옮겨 적었던 글이 누렇게 변색되어 아직도 남아 있을 줄이야….

▲ 젊음이란 밤하늘의 불꽃처럼 한순간 화려하지만 늘 한결같은 것은 아니다.

　그래서 오랜 편지는 마음을 따뜻하게 지피는 불꽃같은 마력이 있다.

　노도(怒濤)와 같이 세상 무서운 줄 모르고 덤벼들었던 젊은 시절의 편지는 눈물겹다.

　지금 읽어보니 새삼 감개무량한 마음이 출렁인다.

추천의 글

박 하(소설가)

"정말, 시인은 따로 있을까?"

이 질문은 내가 이따금 나로 하여금 스스로 고민에 빠뜨리게 하는 화두(話頭)이다. 물론 영양가 없는 생각 여행이다.

종국에는 미로에 빠져 헤매다가 가까스로 백기를 들고 비겁하게 타협하지만…. 참으로 우매한 물음표이니 당연지사이다.

흔히 문학평론가들은 시인이 분명히 존재한다고 말한다. 물론 그들은 그럴 수밖에 없다. 하지만 그것은 흑백 논리의 오류에 빠지기 쉬운 이분법적 판단에 의한 결과이다.

굳이 풀기 힘든 수학 숙제로 어린아이를 괴롭히려는 나쁜 선생님의 그런 마음이 아닌데도 난해하다며 쉽게 포기한다. 간단하고 명확한 '가부(可否)'가 형식적임에도 세상은 그리 쉽게 결론짓는 일을 즐긴다.

사실 내 주변에는 소위 시인들이 다수 포진해 있다. 지금은 비록 먼 곳으로 떠나셨지만 최하림 시인 선생님으로부터 많은 것을 배웠다.

신경림 시인은 고등학교 선배로 오래 전부터 친분이 있었고, 장석남·함민복·이병률·박형준·이기인 등 이름이 알려진 시인은 가까이 지내는 대학 후배들이다.

내가 만약 이들 검증받은 시인들 앞에서 그런 의아한 어법을 썼다가는 영락없이 이상한 놈으로 몰릴 터이다.

우리나라에서 시인 자격증을 따는 방법으로 세계 유일의 일간지 신춘문예 등단제도와 함께 문학지 공모나 추천 등이 있다. 미국, 유럽 등 외국의 경우는 출판사를 통한 출간 자체가 곧 등용문일 만큼 어렵다.

어찌 보면 출판 선진국의 방법이 현명할지도 모른다. 신춘문예 등을 통해 등단한 작가들이 반드시 잘 팔리는 작품을 쓴다는 보장이 없기 때문이다. 그럴 바에야 출판사들은 문학 상품이 팔릴 만한 작가를 직접 찾아 나설 수밖에 없으리라.

그런 점에서 나는 이 책을 엮은 안세걸 형을 진정 시인이라 칭하고 싶다. 전부터 가끔 산행을 함께하면서도 안 형은 나에게 문학, 특히 시에 대한 이야기를 전혀 하지 않았다.

더구나 내가 작가라는 사실을 알면서도 그 분야에 대해서는 문외한인 것처럼 무덤덤했다.

원래 상처가 크면 그만큼 마음을 쉽게 열지 못하는 법이다. 오히려 설익은 풋과일이 더 그럴싸한 냄새를 풍긴다. 하지만 어느 날 문득 발견한 안 형의 원고는 신선한 충격이었다.

혹시 책을 출간해도 되겠느냐는 식의 조심스런 노크에 그냥 무덤덤하게 문을 열었지만 막상 보고 나니 사실은 그렇지 않았다. 어딘가 투박한 시적 감수성과 보기 드문 남루한 시어 선별법에 새삼 놀랐다.

안 형과 함께 산행을 하면 놀라운 일이 두 가지 있다. 먼저 등산할 때마다 집게로 쓰레기를 주워 담는 것이다. 이따금 옆에서 지켜볼라치면 의외로 산에 쓰레기가 많다는 데 놀란다. 사람들이 자신의 집은 깨끗이 치우면서 공익의 집을 더럽히는 것에 은근히 기분이 상해진다.

또 하나는 산에서 문득 만나는 기암괴석에 대한 그의 관찰력과 상상력은 다른 이들보다 출중하다. 보통사람들이 보는 시각과 완연히 다르다. 사실 이는 풍부한 창작력의 발로이기도 하다. 실제로 그는 특이한 형상의 바위 사진을 즐겨 찍는다.

이 책에 실린 시와 명구가 타인의 글인 점은 아쉽다. 물론 이들의 글이 온전한 창작품은 아니다. 오래 전부터 내려온 글을 윤색한 작품도 많다.

다행히 그 중 '어머니'란 시는 고등학교 재학 시절 교지에 실린 것이어서 더욱 뜻이 깊다. 뛰어난 이 시 한 편으로도 충분히 당시 문학청년의 뜨거운 마음을 알아챌 수 있는 탓이다.

글쓴이는 당시 문학청년의 꿈을 머리말에 아주 조금 드러냈지만 나는 그 소심(素心)에 슬픈 동지애를 느끼고 내심 짠했다. 그도 그럴 것이 나의 고등학교 학창 시절과 너무나 비슷했기 때문이다.

1970년대만 해도 소설가와 시인은 비록 가난해도 젊은이들에게는 우상이었다. 그러므로 작가의 꿈은 남들이 비웃을지 몰라도 대단한 포부였던 것이다.

하지만 그 원대한 문학의 꿈은 제대로 이루어지는 경우가 흔하지 않다. 더구나 한창 공부를 해야 할 고교 시절에 잠깐 한눈을 판 것은 아주 치명적이다.

아무리 중학교 때까지 공부를 잘했어도 학업 진도를 놓치면 따라잡기가 힘이 드는 탓이다. 결론적으로 말해 작가의 꿈을 가진 청년의 삶은 불행할 수밖에 없다.

그러나 나는 분명히 말할 수 있다. 시인은 따로 있는 것이 아니다. 안세걸 형이 곧 시인이다. 때가 좀 늦었다고, 나이가 들었다고 시인이 되지 말라는 법은 그 어느 법규 조항에도 나오지 않는다. 인생은 60부터라는 말이 괜히 있는 것이 아니다.

특히 다른 이의 글에 대한 필자의 느낌을 담담한 해설조로 쓴 것은 가히 빛이 난다. 솔직히 이 책의 좋은 글보다 느낌이 더 짠하고 싸하다.

1990년대에 히트한 사랑 시 출판은 짜깁기식의 연애 감성 호소형으로 인기몰이를 했다. 필자가 여기서 그런 상투어를 에로틱하게 은근슬쩍 건드리는 데 매력이 넘친다.

필자가 이 책을 낸 동기는 간단하다. 회갑을 맞아 뭔가 마음의 정리가 필요했고, 그 결과 사랑하는 가족과 지인들에게 전할 메시지를 이런 식으로 찾은 것이다.

글쓴이는 고교 시절부터 시인이 되고자 했던 기억을 되살려 그동안 읽은 책과 글 가운데 마음에 닿는 내용을 간추려 자신의 지침서로 만들고 싶었던 셈이다.

말은 입술의 열매이다. 시는 입술의 과실이다. 그러므로 안세걸 형의 아름다운 시 인생은 지금부터 시작이다.